クリューちゃん
おかえりパーティ

Housekihaki no Onnanoko

character
Housekihaki no Onnanoko
Clue
クリュー
ジュエリー・スプートニクの従業員。
よく笑いよく怒る、栗色の髪の女
の子。
「宝石を吐く」不思議な体質の持
ち主。
スプートニク
ジュエリー・スプートニクの店主。外見だ
けは無駄に良い、口の悪い意地悪な青年。
クリューの体質を知っているが、彼女に
危険が及ばないよう周囲に対しては秘密
にしている。
Sputnik

魔女協会に所属する魔法使い。
プラチナブロンドの長髪が特徴的な、口数の少ない女性。
ソアランの部下で、彼に想いを寄せている。
イラージヤ
Illagia
ソアラン
魔女協会に所属する魔法使い。物腰が柔らかく、中性的な顔立ちの青年。
しかしその正体は、可愛らしい少女に扮し「魔法少女ナギたん」を名乗る変態。
Natsu
ナツ
リアフィアット支部に在籍する敏腕警部。さっぱりした性格で、整ったスタイルの大人の女性。
スプートニクとは相性が悪い模様。

aracter
aki no Onnan
セシル
魔女協会に所属する
魔法使いであり、ソア
ランの私設秘書。
年齢に似合わず大人び
た言動をとるウェーブが
かった髪の女の子。
エルサ
カフェ・フィーネのウェイトレス。
ポニーテールの似合う、穏や
かな印象の女性。
人当たりが良い性格で、ナツ
と仲が良い。
ユキ
クルーロル宝石商会
の職員で、ジュエ
リー・スプートニク
の管理担当の女性。
柔らかな印象を与え
る女性だが…？
Kruroll
クルーロル
クルーロル宝石商会の会長で、
ユキの養父にあたる。
スプートニクが最も会いたくない
人物の一人。

宝石吐きのおんなのこ⑩
～ちいさな宝石店の紡ぐ未来～

なみあと

Housekihaki no Onnanoko

Written by Namiato
Illustration by Kei

リアフィアット市

大陸東部に位置し、ルカー街道の宿場町として栄えた街。花と果物が名産。

治安が良く、気候も穏やかで、暮らしやすい街として知られている。

コークディエ市

『水の都』の二つ名を持つ、水路の発達した街。冬は積雪となるが、水路は一年中凍らない。

魔女協会の支部が存在する。

フィーネチカ市

リアフィアット市からルカー街道を西に進んだところにある街。果物を加工した菓子が有名。

クルーロル宝石商会の支部が存在する。

ヴィーアルトン市

大陸における最大規模の街。大陸の政治、経済、文化等の中核を担う街であり、『大陸統都』とも呼ばれる。

クルーロル宝石商会の本部や魔女協会の支部が存在する。

Housekihaki
no
Onnanoko

Written by Namiato,Illustration by Kei

10

プロローグ

「お世話になりました」

　ヴィーアルトン市の鉄道駅にて。

　スプートニク宝石店店主スプートニクは、ホームに集まった見送りの四人へ頭を下げた。

「でも、本当にいいの？　リアフィアット市まで私が送ってあげるのに」

と言うのはユキ。ヴィーアルトン市からリアフィアット市までは、鉄道と馬車を乗り継いで数日かかるが、彼女の魔法ならリアフィアット市まで一瞬だ。

　スプートニクはそれを、まさに身を以て知っている。

「うん。いいんだ」

　しかし、それを知った上で敢えて、スプートニクはその申し出を辞退した。

　それには、ユキに借りを作りたくない、という理由も勿論あったが、それ以上に――「最後までちゃんと自分で帰りたいです」とクリューが望んだからだ。

　リアフィアット市を旅立ち、学校を体験して、そしてきちんと帰ること。すべての行程を、正規の方法で、自分の力で終わらせたいとクリューが言った。ユキの提案のことも話してみたが、その意志は固かった。

とはいえクリューは、スプートニクが今なお歩行に杖が必要な怪我人であるということも理解していたので「スプートニクさんはそうしてもらったほうがいいと思います」といらぬ配慮もしていたが、今さら別行動というのもおかしな話である。保護者と離れての旅は、クリューももう充分経験しただろうし。

ヴィーアルトン市で行動をともにしていた警察官ナツは「そろそろ休暇も終わるから」と、一足早くリアフィアット市に戻っている。それに遅れること五日、二人もヴィーアルトン市を発つ準備が整ったというわけだ。

「さよならじゃないからね」

「うん」

「また来なさいよ」

「うん」

「手紙もいっぱい書くからね」

「うん」

従業員クリューは、この街でできた友達リーエと抱き合って別れを惜しんでいる。

体験学校の話は聞いていたが、この様子を見るだけでも、彼女はここでいい経験を積めたらしいということがわかった。

「あ、俺も手紙書きますね。クリウさん」

「金になる内容なら読んでやる」

「相変わらず手厳しい」

　宝石商リョウは眉を寄せ、笑った。

　……駅員が鐘を高らかに鳴らしている。出発の合図だ。

「クー」

「はい」

　揃って車両へ乗り込み、ホームを振り返る。リーエと目が合ったらしいクリューが、ずび、と洟を啜った。

　見送りに来たのは四人。リーエとリョウと、ユキ。——それから。

　長らく口を噤んでいたクルーロルが、一言だけ言った。

「気を付けて、帰れよ」

　その言葉選びを、意外に思った。

　彼のことだから、最後にスプートニクにくれるのは、文句か皮肉のいずれかだろうと予想していたのに。ついその顔をまじまじと見てしまうと、彼はフン、と顔を背けた。

　クリューと二人で、揃って頭を下げる。

　杖に頼る足はまだ少し覚束ないが、あと数日もすれば治るだろう。

「いろいろと、ありがとうございました」

　そして。

　二人は遠い自宅を目指す。

＊

　リアフィアット市は大陸東部に位置する、ルカー街道の宿場町として栄えた中程度の街である。

　年間を通して温暖な気候から、多種多様な果物・花卉(かき)の産地としても知られているその街は、魔女協会の支部こそないけれど警察局の治安維持活動は非常に優秀で、未解決の事件はゼロに等しく、とても暮らしやすい土地だ。

　そんな街の片隅に、店員二名の小さな宝石店があった。――『スプートニク宝石店(ジュエリー・スプートニク)』。

リアフィアット市　帰宅の日（1）

Housekihaki no Onnanoko

リリリリ、と枕もとの時計がけたたましく鳴り響いて、クリューは目を覚ました。

ああ、騒がしい。覚悟を決めて起き上がると、鏡の自分と目が合った。

肩に触れて落ちる栗色（くりいろ）の長い髪はあちこちに飛び跳ね、また大きいだけが取り柄（え）の瞳はいたく眠そうに揺らいでいる。

「……おあよう」

寝ぼけた声で誰へともなく挨拶しながら、考える。

クリューのヴィーアルトン市訪問は先日終了して、リアフィアット市に帰るため、店主スプートニクと一緒にヴィーアルトン市を旅立った。

さて今日は、ヴィーアルトン市を発（た）って何日めで、今はどこの街にいるんだっけ。あと何日で、リアフィアット市に到着するんだっけ……？

まばたき一つ。二つ。……三つ。

そのとき、ぱっ、と頭の中に、光が走るような感覚がした。そして同時に、寝る前のことを思い出す。眠い目を擦（こす）りながら見覚えのある街並みを眺めたこと、疲れた体を引きずるようにして馬車を降りたこと、スプートニクが自宅の鍵を開けていたこと――

ここは、もしかして。

見回す。部屋の中には、ふかふかの布団。ベッド脇のかわいい小物。お気に入りの家具たち。

ベッドから飛び降りて、スリッパを履いて、キッチンと、ついでにトイレも確認。いつものトイレがそこにある！

そして、窓の外には——クリューのよく知る、リアフィアット市の街並み。

そう、そうだ。思い出した。

昨日の夜遅く、クリューはリアフィアット市に帰ってきたのだった！

息を吸う。天井を見上げる。

部屋そのものに、建物そのものに、そして街そのものに向けるような気持ちで、クリューは大声でこう叫んだ。

「ただいま！」


朝食にしたパンと果物は、昨日、帰る道すがらに別の街で買った残りだ。

二人を乗せた馬車がリアフィアット市に着いたのは夜中で、ほとんどの店はもう閉まっていたし、クリューもスプートニクもとことん疲れていて、買い物に行く気になどなれなかった。

昨晩のスプートニクは「疲れた」と言い残すと自分の部屋に帰っていったし、クリューもまた、片付けもそこそこにベッドに飛び込んだところで記憶が途切れている。

ともかく、昨晩は帰宅の喜びより、長旅の疲れの方が大きかったのだ。

一晩ぐっすり寝て、ようやく自分が自宅に帰りついたのだという実感が湧いてきた。

身支度をし、二階のクリューの部屋を出る。共有部分を足早に歩き、階段を下り、店に続く戸を開けた。

　さあ、久しぶりの営業だ！　元気よく挨拶を――

「おはようございい、まぁ……？」

　しかしその挨拶が急速に萎んでいったのは、店内にスプートニクの姿がなかったからだ。どころか厚手のカーテンはぴっちり閉められ、ディスプレイの布も掛けられたままで、防犯装置も解除された形跡はない。

　これらが意味するところは、つまり。

「お寝坊さんです！」

　なんということか！　クリューは呆れ、機嫌は一気に悪くなった。

　久しぶりのリアフィアット市、久しぶりの自宅、そしてそして、久しぶりのスプートニクとの仕事。それにどきどきしたのは、うきうきしたのはクリューだけだったらしい。

　ぷく、と頬が膨れる。開店準備をするのも忘れ、怒りのままに回れ右をした。

「スプートニクさんのバカ！」

　罵声を上げると戸を開けて戻り、どどどど、と階段を駆け上がって、スプートニクの部屋に続く戸に飛びつく。

　鍵はかかっておらず、ノブはあっさり回った。クリューは馬車のように、煙を上げる機関車のように、勢いを殺すことなく駆けて――スプートニクの寝室にたどり着き――そして――

「おはようございまぁす!!」

ベッドの膨らみに思い切り飛び込んだ。

スプートニクの頭と目元だけが掛け布団から覗いている。まったくねぼすけめ！　と思いながらも、近くに彼がいるという嬉しさのせいか、最初ほどの苛立ちはない。

「朝ですよ!!　お寝坊さんですよ!!　起きてください!!　起きてくださぁい」

「……あー……？」

ベッドに乗っかったまま両腕両足をじたばたさせていると、呻くような声がした。続いて、目を閉じたままの彼の眉間に皺が寄り、やがて掛け布団の中からにゅうと腕が生えてくる。手は枕もとを左右に動き、腕時計を掴むと彼の顔の前へ連れていった。瞼の間からうっすら覗いた灰色の目が、時計の文字盤を映す。

そして彼は、寝過ごしたことに気付いて飛び起きる——かと思いきや。

慌てるそぶりなど微塵も見せず、彼は頭を掻き、ゆっくり上半身を起こした。

「まだこんな時間じゃねェか……何なんだ、朝っぱらから」

「えっ」

現在の時間を知ってもその反応とは、店は開けない気なのだろうか。

それとも寝ぼけて、まだ旅の途中と思っているとか？　驚いていると、スプートニクの眠そうな目がゆっくり動いて、恨めしそうにクリューを映した。

「……まさかお前、俺が昨晩『長旅の疲れと荷物の片付けがあるから、明日は休業にして、明後日から営業再開する』って言ったの忘れたのか？」

「あっ」

そういえば昨晩、自宅の鍵を開けながら、そんなことを話したような。

昨晩はクリューもすごくすごく疲れていたから、スプートニクの話を半分寝ながら聞いていて、だからすっかり忘れていた。

なんてことだ！　クリューは血の気が引く思いで、寝ぼけ眼のスプートニクを見た。

彼は疲れていたのに、体のためにゆっくり寝ようとしていたのに、クリューの勘違いのせいで無理やり起こしてしまった。

ベッド脇に立てかけられた杖が、視界に入った。傷はほぼ塞がったとはいえ、長い旅は体に負担がかかるから、念のためにとヴィーアルトン市の病院が貸してくれたものだ。スプートニク本人は「もうほとんど痛まない」と言っていたが、まだ完全に治ったわけではない。

クリューの旅に付き合って疲れて、クリューのせいで怪我をしたスプートニクに、なんていうことを。今さっきの自分の行動を思い出して、きゅっと胸が痛む。ベッドの隣にしれっと立った杖は、「悪い子にひどい目に遭わされて、なんてかわいそうなスプートニクさん」とクリューを非難しているかのようにも見えた。

しかし。

そんなクリューのことを、スプートニクは責めたりしなかった。ふあ、と大きなあくびをして、また布団の中に戻っていく。

「……思い出したならいい。お前ももう少し休め。起きたら片付けと、店の掃除だ。しばらく留守にしていたから、それなりに埃が溜まってるだろうよ……」

最後の方はもにょもにょと、呂律が回っていなかった。すぐ眠りに落ちていったようで、間もなく鼾をかき始める。この分では、次に起きたとき、今クリューと会話したことを覚えているかどうかも怪しいものだ。

ただ、彼の寝つきの良さのおかげで、無理に起こしてしまったという罪悪感は薄れた。ほっとする。

さて。

クリューは考える。自分はこれからどうしよう？

店は開けなくていい、と言われた。お前ももう少し休め、と言われた。それならクリューはどうしよう。昨晩持ち帰ってきた鞄の整理でもしようか？　――いや。

「むむ。いいことを思いつきましたよ、スプートニクさん」

返事の代わりに、ぐお、と鼾があった。

眠るとき、誰かに布団の上からぽんぽん優しく叩いてもらうと、とてもよく眠れることをクリューは知っていた。どうしてだか理由はわからないけれど、怖い夢を見て飛び起きても、寂しくなって涙がほろほろ出てきても、スプートニクにぽんぽん叩いてもらうと、いつの間にかまた眠ってしまうのだ。

　小さい頃はよくそうやって、寝かしつけてもらったのだ。

だから。今日はクリューが、スプートニクにそれをしてあげる番ではないだろうか。朝、ゆっくり気持ちよく眠っていたのを起こしてしまった詫(わ)びも含め、クリューが彼を寝かしつけてあげるのはどうだろうか！

「それはとてもいいアイデアですね！」

　頭の中の自分の問いかけに、自分で答えた。それは難しい言葉で言うと——

「ええと、そう。いっきょりょうとく、です」

　隣で眠れてクリューも嬉しい、安眠できてスプートニクも嬉しい。大変な名案である。

そうと決まれば。クリューはベッドによじ登った。それから、

「ちょっとお邪魔しますね」

　掛け布団をめくり上げ、スプートニクの眠る横に入り込む。既に寝入ったスプートニクは、クリューを追い出そうとはしなかった。

　布団に頭を置く。枕はないから頭が少し低いけれど、気になるほどではない。

　暖かい、柔らかい布団の中。それもスプートニクの隣という素晴らしい環境に、ふう、と安(あん)堵(ど)のため息をついた——

そのとき。

「……ん、んん」

けほん、と一つ、空咳（からせき）が出た。

もう慣れた、いつものやつだ。喉が詰まるような感覚。

——しかし。

同時に、思い出した言葉があった。

『どうせクリューちゃんも、もうそろそろ宝石吐かなくなるわけだしさ』

咳を二度、三度。肩が震える。

一緒に、クリューの胸がきゅうっと痛んだのは、咳による息苦しさのせいではない。……ふと、考えたからだ。

もし、これがただの咳だったら。もう、宝石が出てこなかったら。

自分が、ここにいる理由は？

——ぞくりと、全身が震えたとき。

眠っているはずの、スプートニクの腕が伸びてきた。

宝石を吐き出しやすいように、クリューの背を、とん、とんと軽く叩いて、それから、撫（な）でてくれる。優しく、優しく。つらいことなど何もないとでも言うかのように。

やがて、赤い宝石が一つ、クリューの口から零れた。

カーテンの間から差し込む細い光で、うっすらと輝いている。

「スプートニクさん……」

返事はない。ただ、寝息だけが聞こえる。

……居心地の良さと深い安心感に包まれて、クリューもまた眠りに落ちる。

*

「ん……？」

家が揺れるような重い音を聞いたような気がして、スプートニクは目を覚ました。

良い眠りを得たようで、頭は冴え、全身に纏っていた疲労感もほぼ消えている。半身を起こして思ったことは、「自分は昨晩自宅に帰りついたのだ」ということと、「なぜ隣に従業員クリューが寝ているのか」ということだった。

朝方、飛び込んできたクリュー相手に何かを喋ったような記憶は朧げにある……が、はっきりとは思い出せない。人の布団に侵入し、満足げな顔でぷうぷうと眠る様は見れば見るほど腹立たしいが、力ずくで放り出せば大声で文句を言うだろう。帰宅して早々に、子供の金切り声は聞きたくない。

　時計を見ると、ちょうど正午を指していた。クリューの布団侵犯は、今日ばかりは大目に見てもう少し眠るとしよう――そう思い、改めて掛け布団を引き寄せた、まさにその瞬間。

　――ぐわんぐわんぐわんぐわん!!

「はっ!?」

「ふぇっ!?」

　建物じゅうに響き渡る騒音で、反射的に身を起こした。クリューも同時に。

　音にか、それとも突然のスプートニクの動作にか、いずれにせよ驚いたクリューは姿勢を崩してベッドから滑り落ちた。「ひゃああ」と悲鳴を上げながら転がって床で止まる。

　クリューがどこか打ってはいないかと案じたが、ベッドから落ちる際に巻き込んだ掛け布団のおかげで怪我はないようだ。耳を押さえ、布団を被り「敵襲ですか！　敵襲ですか!!」と叫んでいる。

　敵襲。その言葉で思い出すのは、ヴィーアルトン市で起きた魔法使いの騒動だ――しかしあの事件はきちんと解決している。リアフィアット市などという辺鄙な街を訪れようとする魔法使いなどそう多くないし、そもそも多くの魔法使いはこの街で魔法を使えない……それはわかっているが、ただごとではない。

　長らく聞かなかったが、どこかで聞き覚えのある不快な音。それは、寝室の外から聞こえてくる。スプートニクはベッドを降りると、病院から借りた杖を手に取った。支えにするためではない、侵入者を追い払うための武器としてだ。

寝室を出る。音は廊下――共有部分――階段の下、店舗から聞こえてくる。

階段を下りかけたとき、いつの間にか自室からフライパンを持ってきたクリューが後ろにいた。「背後は任せてください」と神妙な顔で言っているが、異音の発生源は一階なのだから、誰かいるとしたら店だろう。襲われるとすれば先頭にいる人間、スプートニクに決まっている。

ただ、クリューが『背後を守る』そのつもりでいるのなら、勝手にスプートニクの前に飛び出したりはしないはずだ。そうしていてくれた方が有り難い。

だから適当な返事をして、スプートニクは極力足音を殺しつつ、階段を下りる。――クリューがあたりを威嚇するようにぶんぶんフライパンを振り回し、その勢いでどすどす足音を立てているから、スプートニク一人が足音を殺したところで意味がないと気付くまでに、さほどの時間はかからなかったが。

けたたましい音はやはり店から聞こえる。階段を下り切って、店に続く戸に忍び寄ると、スプートニクはそっとドアノブを握り、静かに回し、そして開けた。

「御用だー！」

「叫ぶな馬鹿！」

こちらの思惑を完膚なきまでにぶち壊す、優秀な従業員である。

しかし、幸か不幸か、店内に人影はなかった。音の正体は、店の防犯装置だ。侵入者を感知すると音が鳴るようになっているそれは、今もなおわんわんと耳障りな音を立て続けている。

そして侵入者の代わりに、店内中央に現れていたのは――積み重なった、大きな木箱だった。もしや爆発物かと一瞬考えたが、箱に見覚えがある。

さらに、箱にはメモが貼られていた。

……何がどうしてこうなったのか、メモを読まずとも理解する。

「クー。防犯装置を止めてくれ」

「あ、はいっ」

クリューはフライパンを床に置くと、スプートニクの指示に応える。静かになった店内で、スプートニクは木箱へと歩み寄った。

貼られたメモを取り、目を走らせる。

メモには見慣れた筆跡で、こう書かれていた――『いつでもどこでも、迅速・安心・安全に！　ユキちゃんお届け便、ご利用ありがとうございます』わざわざこのためだけに、宅配サービスのような文言を考えたのだろうか。形から入りたがるあたり、確かにあの魔法少女と同じ系譜だなと感じた。

この木箱の中身は、スプートニクとクリューの、ヴィーアルトン市からの荷物だ。

ヴィーアルトン市から帰るとき、スプートニクとクリューが悩んだのが、向こうで購入したもののことだった。さすが大陸統都と言うだけあって、ヴィーアルトン市にはリアフィアット市では扱っていない珍しい品も多く、スプートニクはあらゆるものを街で買った。クリューも服に雑貨にと、ついつい買い込んでしまい。

　さて問題は、これらをどう持ち帰るか、と。

　荷物の多さに呆然としたのは、帰宅を三日後に控えた日のことだった。

　帰宅の道のりは長くリアフィアット市は遠い。手荷物は最低限にしたかったので、郵便で送るかと考えていたとき、ユキが「そのくらいなら魔法で送っても罰は当たらないでしょう」と言ってくれたのだ。

　なお、クリューはこれらに関しても「自分で持って帰れます！」と主張し、なんとかがに股で持ち上げようとしていたが、無論、彼女の細腕では床から動くことなどなく――気張りすぎて屁が出たところで、顔を真っ赤にして断念した。

「たまには人を頼ることも大事だ」とクルーロルが窘めるように言った――どこかスプートニクに当て付けるようにも聞こえたのは被害妄想か――こともあり、クリューは礼を言ってぺこんと頭を下げたのだった。

　そして今、それを届けてくれた、と。

　しかし。木箱を運んできたはずのユキの姿は店の中には既になく、メモの端に走り書きが残されていた。『ごめん何か鳴っちゃった！』

防犯装置を切らずに、こんな大荷物を運んで突然店に現れたりすれば、装置だって本来の役目を果たそうとするだろう。もしかしたら、好奇心でショーウィンドウに触れたりもしたかもしれない。

ともかく騒音に驚いたユキは、ばつが悪くなってそのまま逃走した、といったところか。クルーロル宝石商会の事務員と魔女協会の兼業状態であるユキの現状からして、当店の異常事態に構っていられないほど多忙であって、急いで仕事に向かったという可能性は捨て切れないが、いずれにせよ結果は同じである。

まったく。既に去っていると知らず、騒がせた犯人を見つけようと、再びフライパンを握って「出てきてください、怖くないですよ、ちょっと痛いですよ」と机や棚の陰を覗き込んでいるクリューを見た。

「クー。届いたぞ」

「敵ですか⁉」

「荷物だ」

ぶおん、とフライパンが空気を裂く。

振り抜いた後、絶対に手放してくれるなよと思いながら呼ぶと、警戒の色を露（あら）わにしたままとことこ寄ってきた――しかしスプートニクが叩いて示している木箱の存在に気付くと、ぱっと表情が明るくなった。

箱の蓋を緩めて開けやすくしてやろうと手を掛けるが、それを見たクリューが「自分でやります」と止めた。

……ヴィーアルトン市訪問中から、やたらとクリューの自立心が旺盛になったように感じられる。

それ自体はいいことなのだろうが、何となく物足りない。蓋に手を掛け、真っ赤な顔でむうむう唸るクリューを見ながら、なぜか、騒動の最中に見たクルーロルの姿を思い出した――

「どうして最初からそう言わなかった」

近くにいるのに頼られない寂しさ。無力感。

不意にクリューの顔がこちらを向いた。

「やっぱり無理でした」

「ほれ見ろ」

ただ、引き際を心得ている分、もしかしたらこいつは自分より賢いのかもしれないなとスプートニクは思った。

腹の底で妙なおかしさを覚えたけれど、今笑ってしまったらクリューはきっと自分のことを馬鹿にしたと感じて怒るだろう。こみ上げてきた感情はそっと噛み殺す。

成人男性の力なら、箱を開けるのは容易だった。蓋を下ろしてやると、クリューはお預けを食っていた犬のような勢いで箱の中を覗き込んだ。

嬉しそうな顔はいつもの彼女のままで、だからつい、余計な口を出してやりたくなる。

「中身に抜けがないか見ておけよ」

「はい！」

けれどクリューの方はそれを『余計な一言』とは思わなかったようだ。元気に返事をした。

スプートニクも床に腰を下ろし、自分の箱を開けて中身を改める。

クリューの荷物を収めるのには大きな箱を二つ、スプートニクは三つ使った。スプートニクの木箱の中には、治療費の明細書や処方された塗り薬、痛み止めなどの他、リアフィアット市では取り扱いのない酒や食品等、それから書籍――経営指南書や最新の技術書だけでなく、商売とは一切関係ない『ただ気になっただけの本』も大量に入っていた。

リアフィアット市にもないわけではないし、取り寄せれば買えないものではないがやはり実物を手にしてしまったときの購買意欲は別である。

あとは数枚の服と、現地で調達した諸々の日用品。最低限のものは持ったつもりだったが、足りていなくて、諸々買い足した。今、昔のように旅の宝石商をやれと言われたら無理だなと、しみじみ思った。

箱の中からまた一冊取り出して、題名を確認。これは、病院内の売店で買った暇つぶしの小説だった。わざわざ持って帰ってくる必要はなかったものだ。ユキにでもくれてやったら読んだだろうか――などと考えていると、視線を感じた。

クリューが眉間に皺を寄せ、注意深くこちらを見ていた。

「そのご本は」

「うん？」

「いかがわしいやつですか」

「いかがわしくないやつです」

店主を何だと思っているのか。

観察するようにしばらくこちらを見ていたが、「まぁ信じてあげます」と何様なのかという一言をよこして、自分の荷物の整理へと戻った。

さほどの時間が経たぬうちに、クリューが妙な声を上げた。

「あっ」

「どうした？」

尋ねる。足りないものでもあったのだろうかと思ったが、そうではなかったようだ。

ごそごそ、ごそごそと自分の箱を探り、中から何か、紙の箱を取り出したところで、スプートニクを見た。

「これ、スプートニクさんへのお土産です。あげます」

「俺もヴィーアルトンにいたんだけど」

「いいんです。お土産なんです」

そしてスプートニクへ向け、紙箱を差し出した。受け取り、開けてみると中には、

「ネクタイ？」

「ヴィーアルトン市で売ってたんです。スプートニクさんに似合うと思いました」

青地に灰色のストライプが入った、一本のネクタイ。箱から出して触ってみると、生地の質の良さがよくわかった。

「ヴィーアルトン市ではたくさんお世話になったので、お礼です」

「お前の世話をした覚えはないんだけどな。ただの大人のいざこざだ」

「スプートニクさんはそうやって言いますけど、でもクーは、『お世話になった』と思ったんです。だから、お礼がしたかったんです」

別に、礼をされるような謂れはない、と思うのだが。

ようやく渡せました、と、うふうふ嬉しそうに笑うクリューへ、敢えて突き返すこともないだろう。

「……なら、貰っておこう」

「はいっ」

今つけてくださいと急かすので、いつものタイを外して締めてみる。見回した先に鏡がないから自分では見られないが、それでもクリューは満足げに頷いていた。

しかし――思う。貰う一方で、返せるものは何もないというのも妙に落ち着かない。

そもそも土産を買うなどという考え自体が一切なかったのだから、他人が貰って喜びそうなもの自体がこの木箱の中にはないわけである。お前はそそっかしいから転んだときにでも使え、と塗り薬をくれてやったら、それはそれで怒るだろうし。

学生時代は良くも悪くも校内のあちこちに名が届いていて、手紙だの贈り物だのよく貰ったが、関心を持って接してはいなかった。ぞんざいに扱ってよく後輩に説教されていた――聞き流していた――覚えがあるから、人間、歳（とし）を食うと変わるものである。

そんなこともしみじみと思いつつ箱の中を探る。クリューも一つ一つ、あの街での思い出を振り返るように、懐かしそうに眺めてはそれとの出会いを説明してくる。

今度クリューが取り出したものは、装飾品の図案のようなものだった。「デザインの作り方を授業で習ったんです」と紹介したその作品は、人を模しているようだが、どうも人ではない部位がある。何を描いたものなのやら。

「妖精さんです」

「妖精？」

「知らないんですか、スプートニクさん。あの学校には――」

勢いよく、言いかけて。

しかしすぐに勢いが削（そ）がれる。

「あの学校には、妖精が……」

「妖精？」

勢いをなくした理由を、スプートニクもまた、すぐに察した。だからスプートニクが、自身の顔を人さし指で示してみせると、ますますクリューの表情が嫌そうに歪んだ。もし彼女の立場にあるのが自分だったら、舌打ちの一つもしていただろうと思わせるような顔である。

学生時代のスプートニクがやらかしたいくつかの所業。それが、時が経ち在校生の間で語られ続け、変化し続けた結果、『学校に住む妖精』が不思議な力で起こした奇跡という伝説になって残っているらしい、とヴィーアルトン市で後輩に聞いた。また、それと同じ噂を、クリューも学校で仕入れたそうだ。

その『妖精』を題材にした作品を作りたいとまで思うとは、その噂話に、クリューはよほど感動したのだろう。もともと夢見がちなところのある子供だから、不思議な噂に胸躍らせたのも無理はないことだったかもしれない。

その正体が、かつて学生だった頃のスプートニクだとネタばらしをされたときの彼女は、さてどんな衝撃を得たろうか——想像に難くない。

現に今も、項垂れて、はーぁ、とため息をついている。

「がっかりです。クーの人生における三大がっかりの一つです」

他の二つは何なのだろう。

「噂話の正体なんてそんなもんだろ」

「学校の地下を、勝手に自分のお部屋にしたら駄目です」

「誰も使わないんだから、俺が有効活用した方が得だろ」

どうして卒業から何年も経った今、改めて当時の所業に関して説教されなければならないのか。それでもまだ言い足りないようで、怒り顔で、ぱか、と口を開けたクリューを遮るように言葉を吐いた。

「ま、でもほら、アレだ」

「何ですか」

「学校、楽しかっただろ？」

「……」

おや、とスプートニクが思ったのは。

なぜかそれに対し、クリューからの返事がなかったからだ。

両手で持った作品をじっと見ながら、何か物思うように俯（うつむ）いている。まさかそこまで妖精の正体にショックを受けた――というわけではないだろう。しかしそれなら、何を？

もともとわからないところの多い子供だが、この様子の理由もわからない。もう一度声をかけるべきかどうかもわからず、スプートニクが躊躇（ためら）っていると、

――ゴンゴン、ゴン。

「うん？」

しんと静まり返った室内に、響いた音があった。

厚みのある何かを叩くような、低い音。靴底が木の床を打つときの音に似ているが、今この家にいるのは二人だけで、どちらも床に腰を下ろしたままだ。

クリューは慌てて、フライパンの柄を握った。

その真面目ぶった顔はいつものクリューそのもので、陰りはすっかり消えていた。

「侵入者ですか！」

「それはもう終わった」

犯人は防犯装置の音に恐れをなして逃げた。だからこれは、それとは違う異常だ。

ゴン、ゴン――また、音がした。音の発生源を知ろうと、耳を澄ます。さらにもう一度、聞こえた。入口扉の向こう側だ。

「なんだ、まったく。今日は休業日だぞ」

「てんちうですか！」

天誅（てんちゅう）だ、と訂正するのも面倒である。

「それも終わりだ。よいしょ、っと」

例の件で負った傷はほぼ治ったものの、床から一切の支えなしに立ち上がるのはなかなか力がいった。間違っても攣（つ）るなよと足に祈りを捧（ささ）げながら立ち、玄関扉へと歩く。杖は使わずとも、いつも通りに歩けた。

鍵を解除。扉を少し開け顔を出して、

「いらっしゃいませ、申し訳ないが当店は本日休業で――」

「警察です」

追い払う挨拶をしようとしたその瞬間、唐突に警察手帳が目の前に突き出され、頭が真っ白になった。

スプートニクは続く一瞬のうちに、警察の世話になるに思い当たる節を記憶の引き出しからすべてひっくり返して拾い上げた。それから心当たりのすべてに正当な理由付けを行いあるいは情状酌量の余地があると屁理屈(へりくつ)を考えそして「違うんですおまわりさん」と抗弁を口に――しかけたところで、名乗った声に聞き覚えがあると気付いた。

警察局リアフィアット支部の敏腕警部、ナツ。

そして彼女もまた、すぐにこちらのことに気付いたようだった。

「なんだ、アンタじゃない」

「そりゃこっちのセリフだ」

何と言ってもこの店は『スプートニク』宝石店なのだから。

この店を訪れた彼女を迎えたのが正(まさ)しく店に名を冠した人間であったというのに、「なんだ」とは散々な言い草ではなかろうか。

懐に手帳を戻しながら、ナツが言う。

「昨日の夜中にな。……っていうかこりゃ、何の騒ぎだ」

　さらに、店の外に来ていたのはナツだけではなかった。その後ろ姿を見守るように、ずらりと、街じゅうの人が集まったのではないかと思えるような人だかり。

　ナツは肩を竦めた。

「無人のはずのスプートニク宝石店からいきなり変な音がしたから、皆、心配したのよ。さっきの異音、何だったの？」

「大したことじゃない。久しぶりの帰宅で、うっかり防犯装置鳴らしちまっただけだ」

「まったく」

　人騒がせな、と呆れたように言う。

　まったくその通りの感想をスプートニクも犯人ユキに対して抱いたから、返す言葉はない
――が、鳴らしたのはスプートニクではないから、ナツおよび衆人に対し謝る気にはならなかった。

「捕り物はなしか」

「スプートニクさんの手違いだってよ」

「やーれやれ」

「解散、解散」

などとつまらなそうに帰っていく人々も、人の店の不幸を望んでいるようで腹立たしい。スプートニクの表情から考えていることを察したか、ナツが苦笑した。

「どう言ったって、皆、アンタの店のことを気にかけてるのよ」

「さて、どうだか」

平穏すぎる日常のいいスパイス、あるいはいい見世物だと期待していたかもしれない。ふん、と鼻から息を吐いた。

「あっ、ナツさん！」

そのとき。店から顔を出したクリューが、ナツを見てぱっと笑った。

勢いよく飛び出してナツに抱き着き、ナツもまた「おかえりなさい、クリューちゃん！」と抱き締め返す。

そして、

「クリューちゃんだ！」

「クリュー！」

減り始めた人垣を掻き分けるようにして現れたのは、クリューの友達、アンナとルアン。急いで駆けてくると、クリューに口々に「おかえり」と言った。

――リアフィアット市から強制的にヴィーアルトン市に放り出され、ヴィーアルトン市から遠く、長い距離を旅して、東の外れまで帰ってきた。ヴィーアルトン市では多くのトラブルに見舞われたから、無事に、と言うのが正しいのかはわからない。
それでも、今、クリューを『無事に』この街に帰してやれてよかったと、心から思う。
二人の帰りを迎えた街。
クリューは大きな声で、帰宅を喜ぶ挨拶に応える。
「ただいま！」
笑みを浮かべたクリューの頬に、一筋、涙が伝った。

リアフィアット市
帰宅の日（2）
Housekihaki no Onnanoko

ユキに届けてもらったクリューの木箱の一つには、小袋入りのクッキーが山のように入っていた。

予期せぬ荷物にスプートニクがぎょっとしていると、クリューはそれを大きめの紙袋三つに分けて、それぞれがいっぱいになるまで詰めた。

そして「街の皆へのお土産です」と言い残し、アンナとルアンと三人で手分けして紙袋を提げて店を出て行く。どこに行くつもりなのかとしばらく窓から様子を窺っていたが、通りで出会う顔見知り一人一人に「お土産です」と言いながら手渡していた。

胸のネクタイを摘まむ。そこまで多くの人間に土産を撒く必要があるものかと半ば疑問に思うが、これはスプートニク宝石店の営業再開を告げる報せになるだろう。そう考えて、放っておくことにした。

さて、こちらは片付けを進めよう。スプートニクは改めて、箱の前にどっかり腰を下ろし——

「スプートニク」

「——ぎゃっ!?」

突然、何者かに名を呼ばれ、危うく腰を捻りそうになった。自分以外誰もいないはずの店内、それも至近距離から名を呼ぶ声が聞こえたのだから無理もなかろう。

しかし、驚いたのは向こうも同様だったらしい。スプートニクが飛び上がるようにして立ち上がり、姿勢を低く箱の縁に手をついたまま人影を睨み付けると、その人の目は丸く見開かれていた。

「びっくり。いきなり大声出さないでよ」

「……なんだ、お前か」

クルーロル宝石商会におけるスプートニク宝石店の管理担当にして、先ほどの騒音事件の犯人、ユキだった。

箱から手を離し、腰を伸ばして腕組みをする。

「真犯人は現場に戻るって本当なんだな、防犯装置ガンガン鳴らしやがって。近所迷惑で警察まで駆け付けたぞ、どう落とし前つけてくれる」

「それは反省してますーう」

言ってやると、ユキは眉を寄せ、両手で各々の耳を塞ぎ、いやいやをするように頭を振った。しかし、拒絶する仕草はほんの一時のこと。すぐにいつもの様子を取り戻すと、

「今、暇でしょ」

「暇じゃねェよ」

荷物の山を片付けている最中だというのは一目瞭然なのに、どう見たら暇に見えるのか。だから間髪を容れずそう返したが、意味がないこともわかっている。ユキの決定は絶対だ。彼女が『スプートニクは暇だ』と決めたなら、スプートニクは暇なのだ。

案の定ユキは、スプートニクの言葉にも、面白そうに笑う。

親指で肩越しに自分の背後を示し、

「ちょっと、紹介したい人がいるんだけど。来てくれない？」

そしてそれも、頼みではなく命令だ。

ため息をつきながら「手短に頼むぞ」と答えると、ユキはまた、面白そうに笑った。


まず、ユキの手がスプートニクの肩に触れた。

「目を閉じて」

言われた通り、目を閉じる。

「一度深呼吸してから、ゆっくり目を開けて」

大きく息を吸う。瞼（まぶた）の裏の暗闇が白み、風に少しだけ青臭さを感じた。変化としてはその程度か――と思いながら瞼を上げて驚いた。

店にいたはずの自分が、いつの間にか青空の下、林の中にいたからだ。

足は草を踏んでいる。あまりに呆気（あっけ）ない移動だ。転移というのか。

「……あのときは、白い光とか、カウントダウンとか」

「ん？」

いつのことを言っているのかわからなかったようで、ユキが首を傾（かし）げる。ヴィーアルトンへ

向かったときの、と伝えると、合点がいったようで「ああ」と声を上げた。

「あれは演出」

「演出？」

「あのくらい派手にやっておいたほうが、私の仕業ってばれにくいでしょう。時間をおいてあげたのは、スプートニクの外出準備のためだし」

確かにあのとき、ユキも魔法に巻き込まれた被害者のように見えた。まんまと術中に嵌まっていたということだ、腹立たしい。

ユキは三歩ほど先へ行くと、こっち、と手招きした。後を黙ってついていく。

やがて、石造りの古い建物が現れた。一階建てのようで、平たく四角い。濃灰色の壁に窓はあるが、どれにも格子が嵌まっていて、磨りガラスが使われている。

そして。

入口には、頭から黒いローブをすっぽり被った人が二人、立っていた――魔法使い。顔はわからないが、背丈からすれば、やはり女性だ。

彼らはスプートニクたちに気付くと、顔を見合わせたようだった。

スプートニクには覚えがなかったようだが、ユキのことは知っていたようだ。魔法使いが呼んだその名は、確かに彼女を指すものだった。

「フランソワズ、様」

「そう」

　少しの沈黙ののち、

「……どうぞ」

　建物の入口を開けてくれた。

　しかしその口調、雰囲気からするに、

「嫌われてるな」

「んふふん。わかる？」

　ユキに顔を寄せ小声で言うと、面白そうに笑って答えた。そしてぽつりと、

「慣れてる」

　まるでそれが当然のことであるかのように。

　入口にいた魔法使いの片方が、建物内を先導してくれる。外観の古びた雰囲気とは裏腹に、中はよく磨かれ、壁も天井も白い。魔法使いは、ユキがどのような目的でここに現れたのか、聞かずともわかっているようで、歩みに迷いはなかった。

　けして狭くはない、平屋の建物であることは外観からわかっていた。廊下は相応に長く、戸が並んでいるがどの向こうにも人の気配はない。外観と同様、廊下にも格子の窓が等間隔にある。覗（のぞ）き込んでみるものの、どの部屋にも誰かの姿はなかった。

　だが、廊下を歩いていると、あるときふと、自分たちのものではない息遣いを感じたような

気がした――予想通り魔法使いは、そこで足を止めた。

一枚の、木製の戸。

案内役の魔法使いが、戸に杖（つえ）の先を触れさせ「解錠」と言うと、白い光が散った。

「……どうぞ」

「んふふ。ありがとう」

魔法使いが去っていく。恐らく持ち場に戻るのだろう。

その魔法使いがすれ違いざま「死に損ないの魔女め」と呟（つぶや）いたのがスプートニクの耳に届いた。しかしその声は震えていて――あの魔法使いは、ユキを恐れているのだということがわかった。

恐らくユキにも聞こえただろう。ただ、彼女はにまにまと笑うだけで、何も言いはしなかった。去っていく魔法使いを、咎（とが）めることもなかった。

開いた戸をくぐる。

中は広々としていた。乳白色の壁と天井、床には淡い水色のカーペットが敷かれている。部屋の端には茶器の載ったテーブルと、ソファ。右手側の壁には奥の部屋に続く戸があるが、それはぴたりと閉じられている。

さらに。壁の天井近く、四隅に、札が貼られている。スプートニクはそれの意味を知っていた――魔法封じの。

そして。

その部屋の中に、一人の女性が立っていた。

白いブラウスと紺のロングスカートを身に着けたその女は、ノックもなく入ってきた来客に、少なからず驚いたようだった。

「……お前」

女性が言った。その目はスプートニクを見ていた。

黒く長かったはずの髪は短く切られ、ローブも着ていない。そのせいで、スプートニクにはその人が誰なのかすぐにはわからなかった。ユキが名を呼んで、改めて見ると確かにその人だった。

「こんにちは。ジャヴォット」

魔法使いジャヴォット。――魔法使いソアランを幽閉し、ヴィーアルトン市でクリューを誘拐し、騒ぎを起こした張本人。

魔法使いソアランは嫌疑をかけられたとき、地下の牢屋（ろうや）のようなところに閉じ込められ、食事もろくなものが出されなかったという。それに比べるとこの部屋は、いい待遇のように思えた。彼らの扱いの差が、どこから生まれているものかは知らないが。

ジャヴォットに、ユキは尋ねた。

「ここでの暮らしに、足りないものはない？」

ないわけないだろう、とスプートニクは思った。

魔女協会の本部職員の娘として生まれ、コークディエ支部の支部長としての任を与えられていた彼女は――具体的にどれほど偉かったのかスプートニクにはわからないものの、しかし確かに――魔法使いのエリートだったはずだ。それが、魔法使いの正装としてのローブすら取り上げられた現状は、どれだけ屈辱的なものか。

ユキを見たジャヴォットが口を開いた。

それは、予想したとおり、生活必需品の話ではなかった。

しかし必要なものを告げる言葉でも、生活の不満を告げる言葉でもなかった。

「お前はわかっていない」

低い、落ち着いた声だった。

「あの娘が、あの『体質』が、どれだけ貴重なものかを」

まだ諦めていないのか――と思ったが、そういうことでもないらしい。

それは、ジャヴォットの中で、叶わぬともう悟っていて、けれど誰かに話さないではいられない。そういう様子だった。

そしてそれを聞いて正しく理解できる相手は、魔法使いの中でも、ごく限られていたのだ。

「ジャヴォット」

ユキが彼女の名を呼ぶ。

それも、落ち着いていた。

「魔法の研究はまだ発展途上で、ゆえに解析技術は覚束ない。今あの子を検体にしたところで、我々にわかることは少ないよ。それに」

考えるように、あるいは躊躇うように俯いて。

それからユキは、なぜか一度、スプートニクを見た。

しかしすぐにジャヴォットへ向き直り、

「……君にわからないわけがない。わかっているんでしょう。ジャヴォット」

呼びかけに、ジャヴォットは答えない。

だからユキの言葉は続いた。

「魔法使いは、数が少なく、排他的で、閉鎖的で、傲慢で、新たな風を受け入れられない。こんな種族は、あと百年もしないうちに衰退する。……ジャヴォット、君はわかっているはずだ。今、たった一人の女の子を犠牲にしたところで、今の旧態然としたこの組織に、淘汰に抗う力はないよ」

ユキを見る。彼女は妙に落ち着いた——いや冷めた目で、ジャヴォットに向いていた。

そしてその一方で、まるでその熱を吸うかのように、ジャヴォットの瞳は。

「私にはわかると言ったな、フランソワズ」

声は。

熱を帯び、震えていた。

「ならば、このこともお前にはわかるはずだ――私と同じ研究をし、私と同じように、魔法の未来を探したお前なら！　我々は、優れた種族だ。稀有な力を持つ種族だ。我々は世界に残る必要があるというのに、消えてしまっていいはずがないのに！　どうしてそうも諦められる！　どうして目の前にある可能性を、捨ててしまえる！」

お前ならわかるはずだ――もう一度繰り返されたそれを聞いて。

スプートニクは、ユキの冷めた目の意味に気付いた。

この二人の境遇は似ているのだ。同じ人間の庇護下・管理下に置かれ、同じ『魔法』というものに惹かれ、鉱石症というものに惹かれ、同じように魔法使いの組織の中で地位を得て――しかし片方は組織を抜けて広い世界を見、片方は狭い組織の中で未来を探した。

ユキの話した、彼女の生い立ちを思い出す。たとえばあのとき、組織を追われたのがジャヴォットだったらどうなっただろう。世界を見たジャヴォットは、今、何を思っていただろう？

ジャヴォットがファンションを亡きものとしようとしたあのとき、たとえばファンションがジャヴォットを裁いていたら。

ジャヴォットが、世界を見ていたら。

そんなことをユキは今、考えているのだ。

そして同時にスプートニクは、思う。

クリューが「学びたい」と言ったこと。体験学校に行ったこと。

人を恐れ、スプートニクのいない場所を恐れたクリューにとって、知らぬ土地へ赴くことは大変に勇気のいることだったと思う。それでも行きたいと思ったのは、どうしてだろう。彼女の心境の変化の理由は、どこにあったのだろう。

――何が為に。

クリューは前に進もうとしたのだろう？

「フランソワズ様」

名を呼ぶ声がした。廊下から。

開け放したままにしていた戸から、聞こえていたのだろう。先ほど道案内をした魔法使いだった。「これ以上は」とユキを諌め、二人を部屋から出すと戸を閉めた。

閉まる直前、ユキが室内に向け「また来るよ」と言ったけれど、答えを聞くことも、言われたジャヴォットの顔色を窺うことも、スプートニクにはできなかった。

ただ音もなく戸は閉まり、杖から生まれた光の粒が、彼女をもとのように閉じ込めた。

「ファンション」

魔法使いに連れられ建物の入口に戻ると、そこには魔法使いが一人、増えていた。建物内の案内をした魔法使いと、入口に待機した魔法使いと――もう一人。

スプートニクはその、新たな魔法使いと会ったことがあった。

魔法使いはユキを、ファンションと、そう呼んだ。しかし、隣に立つスプートニクを見て、

「別の名前が、あるのだったか」

「いいよ、オリヴィア。コレのことは気にしないで」

忙しいところをわざわざ引っ張ってきておいて、これ、とはまたご挨拶だ。

しかし。

それに続いた魔法使いオリヴィアの反応こそが正しいものであるかどうかというのは、また、別の話だった。ユキの管理者であり魔女協会本部の魔法使い、ジャヴォットの母であるオリヴィアは、深く被ったフードを後ろに下ろし顔を露わにした。そして、

「スプートニク様――」

「やめてください」

クルーロルほどの年頃の人が丁寧に頭を下げたから、スプートニクは面食らった。

慌てて止める。オリヴィアはゆっくり頭を上げると、「お怪我の具合は」と、スプートニクの体のことを聞いた。その言葉に裏はなく、心からスプートニクの体を心配しているようだった。

「ええ。おかげさまで、相当良くなりました」

「魔法で治すことも、できましたのに」

「いやーやめた方がいいよ。身に余る技術は人を堕落させる。緊急時はともかく、使わないで済むものは使わない方がいい」

　ユキのその言葉には、確かに一理あった。

　しかし。へらへら笑うユキの態度に過ぎたものを覚えたか、オリヴィアが睨む。と、ユキはそっぽを向いてにやりと笑い、黙った。

　オリヴィアの視線がスプートニクに戻る。

「あの子は……クリューは、元気ですか」

「元気も元気。さっきも、ヴィーアルトン市で買った土産を配るんだって、張り切って店を飛び出していきましたよ」

「そうですか」

　穏やかな返事。その唇に笑みが浮かんだ、と同時――

「あっ！」

　ユキが突然声を上げたから、スプートニクはつい、敵襲かと身構えた。

　しかしあたりは穏やかな空気が流れていて、奇妙な気配も感じない。驚かすなと言おうとしたとき、ユキが慌てた様子でスプートニクを見る。その様は、さすがに演技には見えなかった。

「忘れてた。店の鍵、開けっ放しじゃない」

言われて思い出す。しまった。

入口扉の鍵は開いていて、防犯装置も切ってある。まさかこのタイミングで空き巣か強盗がたまたま訪れるという確率は低いだろうが、それでもゼロではない。

「さっさと帰るぞ」

「ん。――じゃ、またねオリヴィア。あっそうだ、ちょっと相談したいことあるから、また後で行くわ」

「……相談と言ったって、どうせろくなことではないんだろう」

「そんなことないよ。今後の活動についてと、魔法少女のことについてね」

魔法少女。あのふざけた魔法使い。

ユキは魔法使いの未来を、「衰退する」と言った。そしてジャヴォットもまた、その結論を否定しなかった。となれば未来――スプートニクが死んでよりさらに遠い未来、いずれこの世界から、魔法使いという人種は絶滅するのだろうか。

ユキやジャヴォットの予想するそれが、確定した未来かどうかはわからない。ただ、本当に衰退するとして、救えるとしたらこのユキのような規格外や、魔法少女ら奔放な人間たちかもしれないと、ふと思った。魔女協会のさだめから抜け、未来の可能性を抱き、奔放に生きる彼ら。

――それと。

どうしてユキは、今、自分をジャヴォットに会わせたのだろう。

「ユキ。それと……オリヴィアさん」

そんなことを思ったら。

自然と口から言葉が零れた。

「俺は魔法使いじゃないから、アンタらの未来がどうかなんて知りません。進歩も衰退も、そのために何が必要かも」

未来など、スプートニクには察しようもないことだ。

そもそも、魔法使いの未来も、スプートニクの未来も、クリューの未来だって。選ぶ道が正解かどうかなんてのは、誰にも、現在、わかることではないだろう。

「ただ」

ただ、ただそれでも。

現在のスプートニクに、一つだけ言えることは――

「クーには、あいつの好きに生きてほしい」

世界の何にも縛られないで。

彼女の選ぶ未来を。

ある夜
Housekihaki no Onnanoko

「魔法少女が出たぞ！」

「追え！」

追っ手の声を背に受けながら、魔法少女が夜を駆ける。

「もう、必要ないことはわかっているんだけどね」

獲物を手に、民家の屋根の上を走りながら。

へへ、と魔法少女ナギたんは小さく笑った。

白いスカートと白いマントをはためかせ、魔法少女は夜を行く。

白の美少女、それはクリューを助けるため、魔女協会に一矢報いるため、魔法使いソアランが魔法使いファンションを模して纏った仮の姿だ。

ただ、ファンションの生存確認と再会を果たし、クリューの身の安全が確保された今、自分がこんな、世を騒がす愉快犯の真似事――いや真似事というかそのものなのだが――をする理由はなくなった。

――しかしそれでも、本日こうして世を騒がせているのは。

「でもほら、いきなりいなくなって、クリューちゃんやファンションとの関係性を疑われるのも問題だしね、うん」

と自分自身に言い訳しながら、実際はこの『娯楽』を手放せないだけなのだ。

魔女協会本部の調査の結果、ソアランの魔女協会反逆の嫌疑は冤罪、すべて魔法使いジャヴォットの謀略であったという結論に達した。

ソアランは晴れて無罪放免となり、魔女協会コークディエ支部副支部長の職位も変わらず職場復帰を許され、さらに協会からも見舞金というかたちで幾ばくかの金――諸々の口止め料含む――が出て懐も潤った。

その一方、上司に当たるジャヴォットとその一派は解雇、さらに一般人の誘拐罪やら傷害罪、魔女協会への反逆を企てていた疑いなどもあり、諸々の裁判を待つことになっている。

すべてが収まるところに収まった、かに思えたが。

ソアランの受難はそこからが本番だった。

数日間とはいえ、突然トップを失った魔女協会コークディエ支部の混乱は散々なものだった。

協会本部での聴取と捜査協力を終え、職場に戻ったソアランを待ち受けていたのは未決済書類の山と半泣きの支部長代理。

聞けば、コークディエという地方のことを何も聞かされないまま、「いいから行け」と派遣されたのだという。

私設秘書セシルも、ソアラン不在の穴を埋めようと頑張ってくれてはいたようだが、いかんせん彼女の権限では届かないものも多く、復帰早々から支部長代理と連日連夜の作業となった。

そうなれば勿論、ストレスは溜まるというわけで――

結果、この魔法少女業である。

「いやーやはり適度な運動は大事ですね」

愛らしい顔、ひらひらの服。書類仕事から離れ、気兼ねなく魔法を発動できる解放感。

しかも、しかも、だ。天敵である魔法使いイラージャが魔法少女の正体とその理由を知った今では、彼女が魔法少女捕獲に乗り出してくることもない！

まさに悠々自適、遊び放題である。

花火でも一発打ち上げてやろうかと星空を見上げたその瞬間、

「待ちなさい、魔法少女！」

……聞き覚えのある声がして、自然と眉間に皺が寄った。

足を止め、声の方を見ると――そこには。

「今日こそあなたを捕らえてあげる、覚悟なさい！　あと下ろして」

「だから高いところには登るなって常々言っているだろう、君！」

どうして学習しないのか、木の上で幹に必死にしがみつきながら、涙目になっている魔法使いイラージャの姿があった。

「大体、君、僕の正体はもう知っているはずだろう。どうして今日も僕を追ってきたんだ」

「私は……」

少し冷たい夜の風が、イラージャの髪を揺らした。それに誘われたというわけではないだろうが、頬が少し、笑う。

その表情に滲む寂しさに、魔法少女の胸はどきりと跳ねた。

「……ええ。私は、あなた様をお慕いしています。優しい笑顔も、執務中の真剣な表情も、隠しごとに憂う瞳も、すべて、すべて」

思い出すのは『本業』で、ソアランを助けた彼女のこと。

不器用で、だけど真っ直ぐで、ソアランを許した彼女の姿。

「リアフィアット市で、なお心にあるフランソワズ様へのお気持ちを知り、一度は諦めようとしましたが、それも叶わなかった……お二人のお話を伺い、お二人が恋愛関係になかったことを知ったとき、こんなときにと自覚しながら、胸が熱くなりました。私にも、私にも機会はあるのではと思い……」

「――であるのなら」

イラージャのとつとつとした語りを、魔法少女は遮った。

魔法少女は、今の自分の姿は愛らしいということを信じて疑っていない。しかし、愛を語るにふさわしい場や格好というのは、また別にあるものだ。

だからその話はまた、別の機会にするべきである。

そして、今、語るべきことは、そう。

「なおさら、僕を捕らえに現れる理由はないだろう」

「いいえ。いいえ！」

　罪人として魔法少女を捕らえるということは、その正体である魔法使いソアランを裁くということに他ならない。

　さすがのこのアホ――もとい魔法使いイラージャのちょっと足りないお頭でも、そのくらいのことは想像がついたはずだ。しかし彼女は、大きくかぶりを振った。

　決意を湛えた瞳を魔法少女に向け、そして、宣言する。

「愛しい人が道を違えたのであれば――見て見ぬふりをするのではなく！　私自身の手でその罪を正すことこそが、真の愛ではないでしょうか！」

「あっこれ面倒くさいやつだ」

　真面目過ぎて面倒くさいやつ。

「ええ、ええ。ですから私は、私の手であなた様を――魔法少女を捕まえ、協会本部で正規の裁きを受けさせるのです！」

「嫌なこった」

　べ、と舌を出すがイラージャは聖母のような優しい笑みで、

「大丈夫ですよ、ご面会には毎日伺いますからね」

「何一つとして大丈夫な要素がない！」

　苦々しく吐き捨てると同時に、先日『本業』の方で遭った災難を思い出す。あんな暗くて冷

たくて飯もまずい牢の中に、二度と戻ってたまるものか。

それでもイラージャは自身の意見を変える気はないようだ。彼女は改めて杖を構え、

「というわけで魔法少女、覚悟――きゃあ！」

「イラージャ！」

そして案の定、足を滑らせた。イラージャの手から杖がすっぽ抜けて飛んでいく。木の葉が擦れ合う音、枝の折れる音を聞きながら、魔法少女は慌てて魔法を展開し――

しかし。

それよりさらに早く、イラージャに届いた助けがあった。

「……え？」

落下するイラージャの体を宙に留めた、魔力の光。

最初は粒のようにきらきら舞っていたそれらは、やがて一枚の太い絹帯のようになって広がり、イラージャを包んだ。それはイラージャごと、散る木の葉のようにゆっくりと降りてくると、地面にそっと彼女を下ろす。

帯は、現れたときと同じように音もなく虚空へ溶けていった。

「誰が……」

息を止め、耳を欹て気配を探る。

魔法少女が正体を見つけるより早く、ざり、と地を踏む音がした。

そちらを向くと、人影があった――白い。魔法少女と同じく闇に映える色を纏っているものの、その本質は丸きり異なる。衣に何かの特殊な魔法がかけてあるわけでもないのに、軽薄に踊らない空気を含んでいる。

したり顔で白衣のポケットに片手を突っ込んだその人は、腰を屈めイラージャの杖を拾い上げると、まったく危なげのない口調でこう言った。

「いやはや、危ないところだった」

「ファンション！」

ファンション――魔法使いフランソワズ。自分のかつての婚約者。

魔法使いのローブの上に白衣を羽織ったその格好は、彼女の最も慣れたスタイルだ。眼鏡を掛けているのは視力の問題ではなく、数年の潜伏生活のせいで、ないと落ち着かなくなってしまったのだと先日言っていた。

が、今気にするべきは彼女の服装などではなく。

――どうして彼女がここに？

けれどファンションは、魔法少女には一瞥もくれずイラージャのもとへ歩いていくと、彼女に杖を差し出しながら微笑みかけた。

「怪我はない？」

「ええ、ええ。ありがとうございます！」

杖を握る手を胸に当て、目をきらきら輝かせて礼を言うイラージャ。対象の無事を確認すると、ファンションはようやく屋根の上の魔法少女へと目を向けてくれた。

　にっこり笑い、右手をひらひらと振っている。

「ハァイ、ご機嫌いかが？　『魔法少女』」

「……ファンション、君、どうしてこんなところにいるんだい。魔女協会本部の職員と宝石商会の事務の掛け持ち(ダブルワーク)で忙しいと聞いていたけれど」

するとファンションは、こぶしを口に当て目をきゅっと閉じ、いやいやをするように全身を振った。

　お世辞にも可愛(かわい)くはない。

「だって、だって。こんなに真っ直ぐな女の子が、憎き魔法少女を捕まえようと一生懸命に頑張っているんだもの。手を貸してあげたくもなるでしょう？」

「はァ」

　そうですか、とやる気のない相づちを返す。

　魔法少女に絆(ほだ)された様子が一切ないことを知ると、ファンションはすぐにそのぶりっこのような仕草をやめた。ぱ、と手を開き、

「ま、実際のところはね」

「ん？」

「協会への復帰に有力者の口添えがあるとはいえ、書類上は死亡ってかたちで現場を離れていたでしょう。わかっていると思うけど、魔女協会って、そういう『真っ当でない』魔法使いへの風当たりが強いんだよね」

「うん」

魔女協会本部とは、いや魔法使いとは基本的に、保守的な連中の集まりだ。

そんな奴らが、かつて護衛や研究者として能力を発揮したとはいえ、ファンションというイレギュラーな存在を手放しで歓迎するわけがなかった。

「だからちょっと、魔女協会が抱えているトラブルを一つ二つ解決して上納して、私の力を示してやれば、向こうも私の存在を認めるかなって思って」

成程。

もっともらしい理由に聞こえるが、

「本音は？」

「リャン退治とか楽しそうだったから」

そんなことだろうと思った。

数年越しに再会したというのに、まったく変わらない相棒の行動理念。ため息をついた、その瞬間――

「熱っち！」

突然現れた魔力の炎を、間一髪で避ける。マントの端が少し焦げた。

「というわけで。私の地位と名誉と未来と娯楽のためにさくっと倒されて数年マズい飯食ってちょうだい、リャン――いえ、魔法少女！」

「かつての婚約者を売り渡すような真似をして恥ずかしくないのか！」

「毛ほども！」

「ですよね！」

彼女は昔からそういう奴だ。

「ちなみにオリヴィアからは『二人ともいい大人なんだから程々にしろ』『無用な損害と死人は出すな』と許可を貰っています」

「それは許可なんだろうか」

かつてソアランを育て、ファンションを拾い、二人を自身の管理下に置いた魔法使い――教育係オリヴィア。今は魔女協会の本部で出世し、人事の責任ある地位にいる魔法使いだから正確には『元』教育係か。

娘ジャヴォットが不祥事を起こしたとあって、その母親である彼女にも何らかの処罰があったと推測されるが、協会はその内容を公表せず、彼女自身も「お前たちが知る必要はない」と口を開くことはなかった。

――それはともかく。

何か言い返してやりたいと歯噛(はが)みしていると、すすす、とファンションに寄って行った影があった。

イラージャだ。視線はこちらに向けながら、顔をファンションに寄せ神妙な面持ちで、

「お気をつけください、ファンションお姉様。敵はお強いです」

「大丈夫よ、イル。私の力を知っているでしょう?」

ファンションお姉様？　イル？

……もや。

魔法少女の心に、小さな陰りが生まれる。この二人は、いつの間に愛称で呼び合う仲になっているんだ。

「すぐに捕まえてみせるから。私を信じて、待っていてね」

「はい！」

……もやもや。

感動した様子で頷(うなず)くイラージャの姿に、心の陰りが大きくなる。彼女が愛しいと思っているのは、相対している自分のはずではないのか?

加え、ファンションを映すイラージャの目が、妙によく輝いていることに気づいてしまって。

「なぁるほど。うん」

放った声は、やたらと嫌みったらしいものになった。

腕組みをして頷く魔法少女の姿に、怪訝そうな顔でファンションがこちらを向く。

「何、リャン」

と尋ねてくるが、大したことではない。

ただ、彼女に対し。

――喧嘩を売ろうというだけだ。

「理解した理解した。――つまり君は『若くて愛らしい僕』を妬んでこの場に現れたということだね、オバさん？」

「おばっ……!?」

眼鏡の向こうの瞳が、愕然と見開かれる。

その表情に満足感を覚えながら、大きく頷く。

「うん、うん。いや、何、気持ちはわからないではないよ。花盛りを過ぎ、白髪の一本も前髪に交じり始め、目尻に小皺ができるのではないかと鏡と睨み合う日々。――そんな折に現れた、僕という謎の美少女魔法使いに、愛らしさでも若さでも負けて、さらに」

ファンションの目の前に、小さな光球を生む。それは間を置かず、ぱちん、と爆ぜた。殺傷能力はないけれど、脅かすには充分だったはずだ。

魔法少女は小首を傾げ、にっこり笑い、

「魔法でも負けてしまったら、君には立つ瀬がないものね？」

「ほほぉぉぉぉう」

　なんとか笑おうとしているが、遠目から見てもわかるほど頬が引きつっている。

「言うようになったじゃない、リャン」

「りゃん？　ううん、誰のことかなオバさん。老化で魔法の腕だけでなく記憶力の方も怪しいのかな？　僕には魔法少女ナギたんって可愛い可愛い名前があるんだよ、覚えて帰ってもらえると嬉しいな、オ・バ・さ・ん」

　ぶち、と。

　何かが切れるような音が聞こえたような気がしたのは、ただの錯覚だろう。

　俯いたファンションの手のひらに、白く大きな光球が現れる。顔を上げ、ぎっ、とこちらを鋭く睨む視線もまた獲物を見つけた獣のように輝いているが、それも魔法少女は悠然と笑って迎える。

　そうとも。今の自分は。

　婚約者のフォローに追われていた、あの頃の少年とは違うのだ！

「魔女協会魔法研究部所属研究員兼特殊護衛を舐めるな！」

「過去の栄光に縋る姿は惨めだね。君が現場を離れていた間、俺が寝て過ごしていたとでも思うのかい？　魔女協会コークディエ支部副支部長の実力をとくと見るがいい！」

　そして――

真夜中に、魔法の花が咲き誇る。

クリューちゃん
おかえりパーティ（1）
Housekihaki no Onnanoko

それは、『クリューちゃんおかえりパーティ』の日のことである。

本日の喫茶店フィーネにおけるランチタイムは、いつもより早く店じまいとなった。いつもならまだ店内に満ちているはずの客の談笑の声は、本日に限ってはもう聞こえない。

代わりに響くのは、油の音、水の音、食器の音、それから――

「あ、ナツ！　そのテーブルクロスそっちじゃないわよ！　それはこっち！」

「ええ、どっちだって変わらないでしょ。かけてあれば一緒じゃない」

「違うわよ！　窓辺のテーブルにはこっちのテーブルクロスの方が絶対似合うんだから！　あとそこの――ああ、その花瓶はこっちって配置図に描いたでしょ!?」

「そんなの、どこかに置いてあればいいいんじゃないの」

「全然違うわよぉ！」

雑なボランティアスタッフを叱咤する、ウェイトレスの声。


せっかくの非番の日に、どうして自分は喫茶店フィーネの手伝いをしているのだろう。警察官ナツは、畳まれた真っ白なテーブルクロスを両腕で大きく広げながら、ため息をついた。

非番だろうが何だろうが、朝から家でごろごろしていれば腹は空くし料理の腕が上がるわけではない。というわけで遅めの昼食を取りに幼馴染みの喫茶店へやってきたところ、入口に『午後は休業します』と書かれた張り紙があった。

そういえば今日は、喫茶店フィーネは夕方から貸切パーティの予約が入っていて、その準備があるという話は聞いていたし、ナツもそのパーティに呼ばれていた。どうして忘れていたのだろう。

今晩ここで行われるのは、スプートニク宝石店主催の『クリューちゃんおかえりパーティ』というものだ。リアフィアット市のクリューの友達やヴィーアルトン市で世話になった人間のための会で、クリューの無事のリアフィアット市帰還を祝い、関係者を労う会であるという。会費は取らないと言っていたから、その代わりにナツは、クリューへのプレゼントを用意した。

クリューのヴィーアルトン市訪問の立役者であり功労者であり、ヴィーアルトン市での『例のトラブル』の一番の被害者であったはずのスプートニクが会のホストというのもまた首を傾げる話ではあるが、本人が納得しているのならいいのだろう、多分。

ともかく、現在のナツにとって大事なのは他人の働きよりも自分の昼飯事情である。無駄足だったなと思いながら回れ右を――しようとした瞬間、扉が開いてにゅうと手が伸びてきた。その手にまかないのサンドイッチを口に突っ込まれて、驚きながらも咀嚼していると「はい食べたわね！　手伝って！」と店内に引きずりこまれ、今に至る。

……そして、店内にはナツのような被害者もとい『ボランティアスタッフ』がもう一人。こちらはやや居心地悪そうに、部屋の端っこで黙々と飾りの花を作っていた。

ナツは音を立ててクロスを広げ、ようやく最後のテーブルにかけ終わる。大きく深呼吸をしたとき、部屋の隅の彼女と目が合った。

　名前は確か、セシル。ナツとは、ヴィーアルトン市で一度、面識があった。スプートニクと懇意にしている魔法使いの一人で、ナツは彼女に「よく頭の回る子供」という印象を持っている。なぜ今日ここにいるのかはわからないが、恐らく理由としては、ナツとさほど違わないのだろう。

　セシルはナツが、この場を取り仕切っているエルサと仲がいいことを見て取ったようだ。そして、話が通じそうな相手であるということも。椅子から立ち上がると、ナツのもとへ寄ってきた。

「こんにちは」

「こんにちは、セシルちゃん。あなたも今晩のパーティに呼ばれたの？」

「え、ええ、はい。そうです」

　やはり緊張していたのか、ナツの自然な挨拶に、ほっとしたように表情が緩んだ。しかしそれは少しの間のことで、彼女は俯（うつむ）いて手を組むと、こんなことを言う。

「それで、その、私、そろそろここから、失礼させて頂こうかと」

「セシルちゃーん」

　しかしそのとき、厨房（ちゅうぼう）から飛び出してきた影があった。

　エルサだ。手には何か、白いものが盛られたスプーンを持っている。

「ねぇセシルちゃん、この生クリーム、ちょっと甘すぎないかしら。口開けて。どう？」

「……む……ちょうどいいと思います」

「ありがと。……兄さん、大丈夫だってー。それでケーキ作っちゃってー」

厨房に向けてエルサが声を張り上げると、男性の「おう」という声が返ってきた。

セシルは明らかに帰りたそうな表情をしているが、エルサは無視――というかいちいち取り合っていられないといった様子である。もしくは余計な話をして、せっかくの手伝いを逃してはならないと考えているか。恐らくは後者だろう。

そしてその勢いのままに、エルサはどん、と音を立てて盆を置いた。茶のグラスが二つと、クッキーが山のように盛られた皿が載っている。

「はいまかないどうぞ。食べたら働いてね、やることはたくさんあるんだから！　ええっとナツ、そのお皿と予備のフォーク、向こうに運んでおいて！」

答えは聞かずに、また厨房へ戻ってしまう。

ナツは、なお居づらそうなセシルへ尋ねた。

「セシルちゃん。もしかして、何か用事があるの？」

「いえ、その、特には……」

「じゃ、諦めてお手伝いしましょ。この状態のエルサに何言っても無駄よ」

「……まぁ、えっと、はい」

ただ、知った顔であるナッツと会話したせいか、肩の力は幾分ほぐれたように見えた。

エルサの命令の通り、食器運びを始めながら雑談を続ける。

「前のときは、クリューちゃんに会うためにこの街に来たんですって？　遠いところはるばる来たのに、残念だったわね」

「いえ。……その、今日、会えましたし」

もごもごと、言葉を選んでいるようなところが見受けられる。

「お話しできて……とても、楽しかったです」

「それにしては、元気がないようだけど」

無言。

聞き出すには自分では、まだ彼女との心の距離が遠いようだ。

他に、誰かいないだろうか。自分よりももっと、雑で、傍若無人で、容赦がなくて、勝手に踏み入ってくるような――

そのとき。

まさに望み通りの存在が現れた。

その人は店内の気まずさなど一切気にする様子もなく、また訪問の作法すら忘れたかのように、ドアベルを賑（にぎ）やかに鳴らした。そして彼は、店内に現れてからたったの一拍すら置かず、また目的の人物を捜す手間すら省くように、店中に響き渡る声で、こう叫んでみせたのだ。

「エルサの馬鹿はいるか――――！」

＊

まったくこれはどういうことだ。

チラシを握り締めたスプートニク宝石店店主スプートニクが、苛立ちを抱えながら喫茶店フィーネに飛び込んだとき、店内では、スプートニクが依頼した、クリューのリアフィアット市帰還を祝い関係者を労うための食事会――エルサ命名『クリューちゃんおかえりパーティ』の準備が予定通り進められていた。

呼び出しの声は店中に響き、呼ばれた当人は、間もなく厨房からひょっこりと顔を出した。

「あら、スプートニクさん。申し訳ないけど、今忙しいから後にしてくださる？　ご予約のパーティの準備で忙しいの」

「奇遇だな、俺もそのパーティの件で来たんだ」

「お手伝いしてくださるの？　有り難いことだわ、手が足りなくて困っていたのよ」

「違ェ」

うふうふと笑うエルサの感謝を一言で切って捨てる。当方が何を訴えに来たのかわかっているだろうに、まったくとぼけたことを。

スプートニクは、手にしたチラシを広げてみせた。

「教えろ。これはどういうことだ」

固く握り締めたせいで皺だらけになっているが、読むのに支障はない。

これは昼、スプートニク宝石店のポストに差し込まれていたものだ。『喫茶店フィーネ、クリューちゃんおかえりパーティのご案内　本日夜、スプートニク宝石店主催で行われます。参加費無料、完全無制限食べ放題飲み放題！　奮ってご参加ください！』

　確かにパーティの予約はした。準備も頼んだ。料理の指定もした。しかし――

――食べ放題飲み放題までは依頼していない！

「景気のいいことね、スプートニクさん」

「俺は、食い放題なんて、頼んでないんだが？」

「ご安心なさって！　チラシ代はサービスよ！」

「当店に何の恨みがあるんだコラ」

凄むがエルサに効いた様子はない。彼女は握っていた布巾にさらに力を込め、「だってだって」と不貞腐れた口調で、

「ナツから聞いたわよ。スプートニクさんとナツ、ヴィーアルトンへクリューちゃんの陣中見舞いに行かれたんですって？」

「連れ立って行ったわけじゃねェ。たまたま向こうで会っただけだ」

しかしエルサにとって問題なのはそこではなかった。布巾を両手で握り、唇を尖らせる。

「私だってヴィーアルトン旅行行きたかったわ。誘ってくださらないなんてずるいじゃない」

そんな楽しいものではなかったというのに。

腰に手を当て首を振るエルサは、人の話を聞いていない。仲間外れにされたことを、それだけ腹に据えかねたということか――

「だから、このくらい注文していただかないと落とし前が付かないと思うの！」

――撤回。割のいい商売の機会を逃さないようにしているだけだ。

リアフィアット市一の有能ウェイトレスは今、胸の前で両手を合わせ、きらきら光る目と金のにおいに取りつかれた笑顔をスプートニクに向けている。

「まったく……」

とはいえ。スプートニクは諦めとともに首を振った。パーティと冠してはいるものの、その内容は『クリューがヴィーアルトン市訪問から無事に帰ってきたお祝い』とチラシにも書いてある。集まるのはスプートニクが声をかけた今回の件の関係者と、リアフィアット市のクリューの友達くらいがせいぜいで、さほどの人数が集まるわけではない。食べ飲み放題と謳ったところで、大した出費にはならないだろう……

「そうそう。お喜びになって、スプートニクさん」

「ん？」

「賑やかな方がいいと思って、うちの常連にも声をかけておいたわ！」

「やっていいことと悪いことがあるだろうが！」

昼間は喫茶店のこの店は、夜には酒好きの集まる場所となる。そんなところに『飲み放題』の看板など掲げたらどうなることか、わからないわけではあるまいに。

チラシも街じゅうに配布しておいたわよと笑うエルサに、頭痛を覚える。エルサが軽いステップで厨房に戻っていくのを見ながら、スプートニクは記憶の中にある出納帳のページを必死に捲り――

「……あの」

声をかけられて、我に返った。見ると、

「セシル。ここにいたのか」

スプートニクの顔見知りで、パーティの招待客の一人。魔法使いソアランの私設秘書セシルが、遠慮がちに佇んでいた。

街にはソアランと一緒に来たはずだったが、宝石店に向かう途中でセシルが「会っておきたい人と、寄っておきたいところがある」と言い出し、別れたのだという。ソアランには、セシルの「寄りたいところ」に心当たりがなかったようで、さてどこに行ったのだろうかと首を傾げていた。賢い子供であることは知っていたから、スプートニクも特に心配はしていなかったが、まさかこの店にいたとは。

思い出してみればセシルは、以前リアフィアット市に来たとき、この店の食事を気に入っていたようだった。

「アンタの主はうちにいるぞ、来たらどうだ。ここにいたって、あの守銭奴ウェイトレスにこき使われるのがオチだろうし」

「スプートニクさーん。今、私をなんだか素敵なあだ名でお呼びになった？」

「いや呼んでない」

即座に否定。

まったく、と思いながら改めてセシルに向き直る。彼女は深々と頭を下げた。

「この度は、食事会にお招き頂きありがとうございます。あの、ですが……伺うに、ご予定違いのことがおありのようで。そんな中で、ご厄介になるのも申し訳ないので、私は……」

相変わらず子供らしくない子供だが――

何を言っているんだ、この娘は。大人として、つい呆れた。

「子供一人のメシ代なんざたかが知れてる。気にするな」

「え、ええ。……ですが、その、何と言うか……」

手を組み、俯き、もじもじと所在なげに立っているセシル。遠慮しているのではなく、帰る理由を探しているのだと気付くまでに、さほどの時間はかからなかった。

「もしかして、仕事が忙しかったか。ユキもそのうち来るから、あまりに気がかりならあいつの魔法でアンタをコークディエまで送らせ――」

「あの女に借りを作りたくはありません」

「……あ、そう」

引き続き和解できずにいる、ユキ――ファンションと、セシル。

大人の世界で生きる、背伸びをした子供。二人の姿は、第三者からすれば似た者同士の近親憎悪にしか思えないが、そんなことを伝えたところで今のセシルの気分が晴れるわけではないだろう。

そもそも、別にスプートニクはセシルへ、ユキの話を聞かせたくてここにいるわけではない。そしてセシルにも、ユキの話をそれ以上する気はなかった。セシルは顔を背けたまま、話題を本筋に戻す。

「それに、仕事は……私の分も先生の分も、きちんと調整してきましたので大丈夫です」

「じゃ、他に何があるんだ」

「それは……」

尋ねるが、俯いて指を忙（せわ）しなく動かすばかり。

聞き出すには時間がかかりそうだ。ナツに目配せすると、彼女もセシルが何かわだかまりを抱いていることを心配していたようで、「上手（うま）いことやりなさいよ」というような表情をされた。

宝石店の方は……客が来たら、ソアランに適当にあしらっておいてもらおう。「取り敢えず座れ」と手近な席を勧めたとき、

「ただいまー。あっスプートニクさん！　いらっしゃい！」

「知らない女の子連れてる！　女の子もいらっしゃいませ！」

配達に行っていたらしい喫茶店フィーネの双子が、揃って帰ってきた。相変わらず賑やかな奴らである。

「おう双子。何か出せるものあるか、コーヒーとか紅茶とか。クラッカーとジャムでもあれば、それも」

「かしこまりっすー」

「そうだお嬢ちゃんぬいぐるみいる？　熊のやつ！　サービスで！」

「え、えっと……」

「じゃ、それも一つ」

勢いについていけずにいるセシルの代わりに答え、彼らの最近のブームがぬいぐるみ作りであること、クリューとイラージャも以前貰っていることを説明する。

しばらくして運ばれてきたのは、温かい紅茶が二つ。それと、大きなぬいぐるみだった。セシルと並んで立たせたら、彼女の肩ほどまではあるだろう。セシルがぎょっとしているのは、本当に貰っていいのかという遠慮からか、それともコークディエまでどうやって持って帰った

らいいのかという困惑からか。

ぬいぐるみの毛を掻き分けて縫ったところを見てみると、クリューの持っているものよりさらに針目が整っている。順調に技術を上げているようだ。

隣のテーブルから椅子を一つ引き寄せて、ぬいぐるみはそこに座らせる。紅茶を一口飲ませてから、話を本題に戻した。湿らせた口は、先ほどよりは滑らかになったようだ。

「先ほど……このお店に来る途中で、クリューさんに会ってきました。アンナさんと一緒にいらっしゃるところを、ご挨拶させて頂きました」

「ふうん」

「それで、私は、その、ご招待の会には、いない方がいいのではないかと」

「合わなかったか。クーと」

「いえっ」

人間には相性というものがある。あれが悪い人間であると言う気は毛頭ないが、聖人君子であるわけでもない。どうしても相いれない、受け付けないと思う人間はいるだろう。

だからそれを責める気はなかったのだけれど、セシルは急いでかぶりを振った。

「クリューさんは、とても素敵な人でした。お友達とお話しされているところに割って入ってしまったのにもかかわらず、この街で何か不足しているものはないかと、もし困ったら何でも言ってほしいと気遣ってくださって……」

セシルの話はクリューにも伝えていた。魔法使いソアランの私設秘書で、リアフィアット市まではるばるクリューに会いに来たということ、ヴィーアルトン市でのクリュー救出にも尽力してくれたということ。

クリューはセシルにとても感謝をしていて、「友達になりたい」と言っていた。

しかし。その一方で、セシルはクリューに対し、複雑な感情を抱えているらしい。

「私は、クリューさんの『代わり』に、先生のお側におりました。ですから……クリューさんがいらっしゃる場所で、私がいる意味はないのではないかと思いまして、だから」

「あのさ」

スプートニクは思う。これは別に、自分が言う必要はないことだ。だから、我慢をして口を噤むこともできた。

そもそも、これは彼らの問題だ。外野の自分が口を挟むのは、余計なお節介に他ならない。だから本来なら、黙っているのが賢い対応だ。けれど――

ただ、スプートニクがセシルの言葉を遮ったのは、今、彼女の告白をやり過ごしたところで、近い将来どこかでスプートニクが、あるいはセシルのいずれかが、セシルの振る舞いを辛抱できなくなる気しかしなかったからだ。いずれ決壊するとわかっていて無駄にストレスを溜めたところで、意味がない。

そしてそのストレスの原因は、ただ一つ。

あまりにもあの馬鹿が、セシルに対し、説明不足だから。

咳払い。これから気恥ずかしいことを喋らないといけないという事実に居心地の悪さを覚えながら、スプートニクは口を開いた。

「それ、前に聞いたときから思ってたんだけどな」

「はい」

「あいつは本当に、アンタを『クーの代わり』として側に置いていたのか？」

答えがない。

厨房の方から、じゅわ、と何かが揚がるような音がする。スプートニクがクラッカーを一枚齧ったところで、ようやく彼女の返事を聞くことができた。

「……は？」

想像だにしなかった、といった様子。

まったくあの男は、と舌打ちしたくなるのを堪える。

セシルは立派だ。よくできた子供だ。だからあの男は、それに頼り切って、セシルを子供らしく甘やかすということをしてこなかった。いや、彼なりに可愛がっているつもりなのだろうが、セシルはとにかく大人であろうとしていて、だから彼はきっと、安心してしまっていたのだろう。

なぜあの男の尻拭いを自分がしなければならないのかまったく理解ができないが、それでもこれ以上は黙っている方が自分の精神衛生上良くないと、スプートニクは判断した。

セシルの反論を待たず、スプートニクは続けた。

「クーは、さァ」

当店の、愛すべき従業員は。――そう。

「なんていうか……とにかく要領が悪い。初めてやることは大抵失敗するし、二度めと三度めも失敗して四度めくらいになんとか及第点がやれるくらいだ。一人で遠くの街まで行くのだって、案内人引き連れてようやっと最近できたくらいだし、向こうに行ったら行ったで、アンタも知っての通り、周りにさんざん迷惑をかけた。……それに引き換え、セシル。アンタは相当しっかりしてる」

魔法使いソアランは、変態でこそあるものの、魔女協会の中ではそれなりの役職にいると聞く。セシルはそれの私設秘書であるのだから、相応の事務処理能力はあるはずだ。

スプートニクは、自分と出会う前のクリューを知らない。コークディエ支部で生活し、仕事に励むセシルを知らない。

ただ、これだけは断言できる。

「アンタはクーには似てねェよ」

今、クリューの最も近くにいる自分が、お墨付きをくれてやってもいいくらいには。

「似てるのは背丈と年齢くらいかな」

「で、ですけど」

「それとアンタ、自分を何だって言ってたっけ。――『婚約者の妹の代わり』？」

以前、セシルから聞いたことだ。しかし。

それも、考えてみればおかしな話だった。

「だとしたら、妙じゃないか。誰かのことを『代わり』で済ませられるような奴が、かつての婚約者のためにいつまでも喪に服したままでいるだろうか」

スプートニクはヴィーアルトン市で、ユキの口から、彼女がファンションであった頃の話を聞いた。

婚約者だった幼い二人が、互いに向けていた想い。それは恋や愛でこそなかったが、確かに絆と呼べるものだった。そしてそれをなくした結果、彼は常にローブへ銀色のボタンを飾り、協会へ復讐を考えるようになった。

そんな彼が。

婚約者の妹『だけ』を、他の誰かで代用しようとするだろうか？

「……でも、でも！」

納得できないのか、納得したくないのか。セシルは声を荒らげる。

そしてセシルはもう一つ、セシルが心に抱き続けたものを口にする。しかしそれも、スプートニクからすれば自明の理だった。

「先生は何度も、私に『兄と呼んでくれ』と――」

「それ多分、ただのあいつの趣味だろ」

「趣っ……」

　面倒くさい変態め。

　目を見開き、今度こそ何も言えなくなったセシルの姿を見ながら、スプートニクは右手の小指で耳の穴を掻いた。まったく気恥ずかしい話だと思ったら、妙に痒くなったのだ。

「あー、なんだ。……俺は奴とはそんな長い付き合いじゃねェから、あいつが実際のところどんな奴かなんて、わかんねェけどさ」

　わかりたくもないし、わかるほど深い付き合いもしたくない。ただ、

「ただ、誰かを誰かの『代わり』とする。そうすることで自身の間違いを埋め、過去をなかったことにしようとする――奴は、魔法使いソアランは、そういうことができるような人間かどうか。アンタは、よく知ってるんじゃないのか」

「私……」

　セシルは。

　肩を落とし、長い、長いため息をついた。

　それは、彼女が大人の世界に在る上でずっと持ち続けてきたものの、重みそのもののようだった。

「……私、先生に、今までずっと、失礼なことを」

さすが聡明(そうめい)な娘だ。誰かをそうと決めつけることが無礼であるという事実は、すぐにわかったらしい。

しかしあの男は、そんなことでは彼女を責めたりしないだろう。失望もしない。そもそもそういう誤解をセシルに抱かせたのはあれ自身なのだから、そんなことをできた立場でもない。

だから。

もしもセシルが、自分の今までの失態を嘆くのであれば。

「いつか『兄さん』とでも呼んでやれ。きっとあいつは喜ぶだろうよ」

スプートニクの冗談にまずセシルが返したのは、充分な沈黙。

そして。

——顔を上げた。

「絶対に嫌です」

セシルが清々(すがすが)しい笑顔を作るところを、スプートニクは、初めて見た。

クリューちゃん
おかえりパーティ（2）
Housekihaki no Onnanoko

それは、『クリューちゃんおかえりパーティ』の日のこと。

時間にして昼過ぎ頃のことである。


喫茶店フィーネから、宝石店(じたく)へ戻り。

あれはもういい加減立ち直っているだろうか、と思いながらスプートニクは入口扉をくぐったが、『それ』は先ほどと変わらずカウンター席に陣取り、ハンカチを噛(か)みながら「ああ口惜しや」などとうだうだ恨み言を吐いていた。

せっかくパーティに招待してやったというのに、招待の礼もそこそこに薄暗いその態度。文句を言いたいのはこちらの方だ――店内を歩き、カウンターを挟んで彼の前に立つと、ほとほと呆(あき)れ果てたという様子を一切隠さないままに見下ろした。

「うちは人生相談室じゃねぇんだよな」

「だって！」

スプートニクの一言に。

彼――魔法使いソアランはハンカチを握り締め、涙を散らしながら立ち上がった。

「ひどいと思わないかスプートニク！　あの女は俺から、俺の部下と、俺の唯一の娯楽を奪おうと言うんだよ！」

「別にお前の身辺がどうなろうと俺の知ったこっちゃねぇわ」

拗ねたように唇を尖らせているが、一切の可愛らしさはないどころか苛立ちすら覚える。

　昼前にスプートニク宝石店を訪ねてきた魔法使いソアランは、パーティへの招待に対しての礼もそこそこに、カウンターのスプートニクへ「聞いてくれたまえ！」と叫ぶと延々愚痴を喋り始めた。最初は付き合って聞いていたクリューも、途中で飽きたかそもそも最初からあまり興味がなかったか、「遊びに行ってきますね」とスプートニクに言い残すととっとと外出してしまった。今日ほどに、俺を置いていかないでくれと心から思った日はない。

　そして彼の愚痴はと言えば。

　曰く、魔法少女としての仕事中に、魔法使いイラージャと、魔法使いファンションことユキが敵として立ちはだかったそうだ。

　愛する人を更生させたいというイラージャと、なんか面白そうだから一枚噛んだユキ。しかもいつの間にかイラージャとユキは妙に仲良くなっていて——ソアランはきっと認めないだろうが——話を聞くに、どうもこの男は、やきもちを焼いているらしい。

　しかし。スプートニクは思う。

　ソアランとイラージャ、二人の関係は。

「お前ら、とっくにできてたんじゃないのか」

「馬鹿を言うのはやめたまえよ」

「いや、だってさ、前にリアフィアット市に来たとき、お前ら同室にいただろ」

途中にイラージャの失恋騒ぎなど挟んだものの、そういう過去がある以上、互いの意思を確認したのなら進展は早そうだと思っていたが。

ソアランは噛みつくように答える。

「あれはたまたまだよ！　体調を崩した俺を看病してくれていただけだ」

「抱き合ってたのも？」

「それは君がドアぶち破って入ってきたからだろうよ！」

そうだったろうか。腕を組み首を傾げるが思い出せない。

ソアランはため息をついた。ただそれは、とぼけるスプートニクに呆れたから、というわけではないようだ。

「……俺にはわからないんだ。異性から向けられる感情も、婚姻も、すべて、我々にとっては世渡りの道具の一つだ。真っ当な恋愛感情とか、恋心とか、そんなものを、抱いたことはないし、向けてもらえた覚えもない」

「いや、俺だって、お前らの結婚観やら何やらは知ってるけど。それでも一度くらいは――」

「俺の元婚約者はあの女だよ」

納得。

しかし、真っ当な恋愛、とは。他人の恋愛事情に首を突っ込む奴はたいていろくな結果にならない。だからあまり何かを言う気はなかったが、ソアランが答えてくれとすがるような視線を向けているから、多少考えてやった。そして。

答える。

「……取り敢えず何度か致せばいいのでは？」

「君ね」

ソアランの舌打ちは、店内にやけに大きく響いた。

「そういうのではないだろう真っ当っていうのは！　真面目に考えたまえよ！」

「いやわかった。今のなし。ちょっと待ってくれ。待て。もうちょっと考える。思い出す」

考えて——考えて——考えたけれどろくなものは出てこず——学生時代もしょっちゅうつまみ食いしては捨てていた——就職してからも胸を張れた話はさほど——そもそもこいつのために過去の恋愛遍歴を掘り返さなければならない道理などないと気付いた。

「それはともかくだ」

「逃げたね」

「うるせェ。そもそも本題はそこじゃねェだろ」

言われて思い出したらしい。はっ、と目を見開いた。

ソアランの現在における最大の悩みの種はイラージャとの恋路についてではなく、彼の元婚約者、スプートニクの姉、あの曲者女——ユキのことであるはずだ。

彼は恨みを噛みしめるように俯き、固く拳を握った。

「そう、しかもファンションめ、あいつ、俺の『副業』を邪魔しただけでなく――自分の協会での立場を確立するため、俺を獲物として献上しようという腹づもり！　許されざる蛮行だ！」

「泥棒稼業から足洗ったら？」

スプートニクのそれは、至極真っ当な提案であったはずだ。

しかしソアランは、ゆっくり首を左右に振った。

「そうはいかない。宣戦布告もしたしね」

「宣戦布告？」

繰り返したスプートニクに、ソアランは深く、頷き。

「あの女に『オバさん』連呼してきた」

「馬鹿じゃねェの!?」

今度目を剥いたのはスプートニクの方だった。

ユキの恐ろしさはこいつも知っているだろうに、なんて無謀なことを！

「男には……戦わなきゃいけないときがあるんだ……」

「クソの役にも立たねェプライドなんざ捨てちまえ」

プライドで飯が食えるのなら、就業なんぞする意味がない。

「だってだってだって腹が立ったんだよ！　……だけど、俺一人じゃ絶対勝てないのはわかってる。だから、助っ人を頼もうと思ってね」

「助っ人？」

誰のことだろう。

考える。スプートニクの知る人の中でユキに勝てそうな人間と言えば、思いつくのはクルーロル宝石商会会長クルーロルくらいである……しかしあの人が、窃盗の片棒を担ぐとは思えない。その妻マリアも同様だ。

スプートニク宝石店の従業員にしてあの女の妹でもあるクリューなら、別の意味であの女に勝てそうな気もするが、ただそれは「喧嘩は駄目です！」とぷんすか怒りながら説教するというだけで、彼の望む解決のかたちではないだろう。

ならば誰に？　魔法使いの知り合いか？

思いつけずにいると、ソアランは。

なぜか、スプートニクの肩に手を置いて。

――にこりと笑った。

「頼むよ」

「断る」

一刀両断。

当然のことだというのに、なぜかソアランは傷ついたように息を呑んだ。

「一緒に協会と戦った仲じゃないか！」

「あの女との戦いに俺を巻き込むな！」

　対戦相手として別格である。

　しかしソアランは諦めない。

「聞けば君、ファンションのことを姉と慕っているそうじゃないか！　俺は彼女の元婚約者なんだから、考え方によっては君の兄のようなものだ！　兄の命令は聞くものだろう！」

「誰がテメェなんぞ兄貴と思うか変態野郎！」

「兄に向かって馬鹿とは何だい！　お兄ちゃんと呼んでくれてもいいんだよ！」

「オイそれさっきセシルにも言ったけど、お前のその趣味何なんだ！」

「俺の『呼ばれたい敬称ランキング』で圧倒的ナンバーワンを誇っている！」

「セシルに謝れ――！」

　……そんな言い合いを遮るように、入口扉のドアベルが鳴った。

　慌てて口を閉じ、見ると一組の男女が店に入ってくるところだった。年の頃はクルーロルと同じくらい、金のありそうな――もとい品のある雰囲気。

　見覚えはないから初来店の客だろうが、よく接客しておいて損はなさそうだ。

　彼らのもとへ向かおうと足を踏み出したとき、腕を強い力で掴(つか)まれた。見ると先ほどまであれほど元気に自身の趣味を主張していたソアランが、なぜか青い顔をしている。

「ちょ、ちょっと待てスプートニク」

「話は終わりだ。お前なんぞと一緒に死地へ向かう予定はないんでね」

「いや、そうじゃなくて――」

「しつこいぞ、俺は仕事だ。――いらっしゃいませお客様ー」

商品を眺めあれこれ話している夫婦へと、とっておきの猫撫で声と作り笑いで歩み寄る。二人の意識がスプートニクへ向けられるが、その表情に嫌悪は見当たらない。

これはいける、と話を続ける。

「失礼いたします旦那様、奥様。何かお探しの品でもございますでしょうか？　私は店主のスプートニクと申しま――」

「ああ！」

「あなたが！」

しかし。

挨拶の途中で予期せぬ反応をされて、スプートニクは鼻白んだ。夫妻はスプートニクをまじまじと見て、嬉しそうに頬を緩める。

「うふふ、お話はかねがね伺っております。とても腕の良い宝石商さんだそうで」

「……身に余るお言葉でございます。当店のお客様がお知り合いに？」

探りの意味を込めて尋ねると、夫は「ええ、そうですね」と頷いたが、妻の方は違った。彼女は夫の肩をぽんと叩き、

「嫌だ、ダニエル。彼らを『この店の客』だなんて呼んでしまったら、店主さんに申し訳がないわ。だって彼らが店主さんに齎すものと言えば、トラブルばかりだもの。――ねえ？」

にこりと微笑んだその目を追って、スプートニクは振り返る。

すると。

――起立したソアランが、深く腰を折っていた。

「ご無沙汰しております、アンゼリカ様、ダニエル様……！」

そして彼が口にした、その名は。

ユキの、ソアランの、彼らの思い出の中に。何度も聞いたその名前は。

「うふふ。楽にしてちょうだい、ソアラン」

「君も元気そうで何よりだ」

二人はかつての娘の婚約者の振る舞いに、ほのぼのと笑い。

のち、揃ってスプートニクを見た。

「初めまして、スプートニクさん。魔法使いアンゼリカと申します」

楚々とした品のある笑い方は、クリューには似ても似つかなかったけれど。

窓から吹き込む風に揺れる柔らかい栗色の髪は、鳶色の瞳は。

紛れもなく、同じものだった。

「こちらは夫のダニエル。――娘たちがいつもお世話になっております」

「あ、ご、ご丁寧に、どうも……」

　突然の訪問にろくな言葉を出せないスプートニクへ、夫妻は揃って頭を下げた。

　本日はどのようなご用件で。乾いた口で、そう尋ねようとして——聞くまでもないことだとスプートニクは思い直した。許可もなく長いこと預かっていた従業員、その両親が二人揃って雇い主の前に現れたということがどういうことなのか、想像できないわけがなかった。

「いや、……あの」

　クリューを助けたこと、雇ったこと、世話をしていたこと、今までの養育費に関すること。話すことはいくらでもあろうに、なぜだかどのようにも言葉が出せない。喉が詰まる。

　しかし魔法使いアンゼリカはスプートニクの動揺など気にせず、装飾品のディスプレイに指を添えながら話を続けた。

「クリューのこと、どうお礼を申し上げたらいいか。……いえ、本当ならばあの子が見つかったという報せを聞いたあのとき、私自身がすぐにでも馳せ参じねばなりませんでした。ご無礼をお許しくださいませ」

「いえ……」

　答えにこそ迷いながらも、思考は動いた。スプートニクは、クリューが連れ去られた当時、発見された当時の魔法使いたちの状況に実際に立ち会ったわけではない。ただ、想像することはできる。きっとアンゼリカ自身、その一報が届いたとき、娘のところに飛んでいきたかった。

しかし、それはできなかったのだろう。彼女もまた、匿われるべき人間だったから。

周りが許さなかった。――だから、その『体質』にまつわる血を持たず、かつスプートニクと魔法使い側双方の事情に詳しく、かつ魔法使いらに気取られることなく行動でき、さらにスプートニクたちを守れるほどに強い、ユキがその役目を果たしたのだ。

そしてそれを思うと同時、別のことを思い出した。

「その……」

「はい」

「クーが……いえ、クリューさんが、近い将来、宝石を吐かなくなると」

それは先日、ヴィーアルトン市の病院で、スプートニクとクリューに向けてユキが漏らしたことだった。

ユキは驚く二人へ、特に重要なことであるという風でもなく、ただ「時間制限があるんだよ」と簡単な説明しかしてくれなかった。「いずれどこかで教えてあげるから、今は体を治しなさいな」と言って。「クリューちゃんも、今できることをたくさん楽しみなさい」と。

上手い具合にはぐらかされたのはすぐにわかったが、そこで問い詰めるわけにもいかなかった。クリュー本人があまりにも、不安そうな顔をしていたからだ。

かつて、クリューを散々傷つける原因となり、彼女自身も「いらない」と泣いた『体質』。それがなくなると突然に宣言された彼女は、お世辞にも喜んでいるようには見えなかった。

だからスプートニクも、そのときは「ま、そうだな」と、ユキの言ったことが些事であるかのように答えるしかなかった。入院していられる今のうちに、院内の看護師を口説いて回らないとな——などと吹いたら、ようやくクリューはいつものようにぷんぷん怒り出した。そうしてうやむやに終わらせたのだ。そうするしかなかったとも言える。

……しかし、今は。

アンゼリカを見る。彼女は瞼を落として、また開いた。肯定の返事のようだった。

「私の血筋の者は、生まれながらにして鉱石症という『体質』を持っております。ただ、吐き出す宝石は年を追うごとに減り、年齢にして十五から……遅くとも、二十になる頃でしょうか。その頃には、宝石を作り出す『体質』は、体から消えてなくなります」

「普通の魔法使いになる、と？」

「いえ。私たちの体は、宝石を作り出すという行為のため、大量の魔力を生成し、消費します。その副作用とでも言いましょうか、今の私の体はもう、自身の生命を健全に維持する程度の量しか、魔力を作り出すことができません」

彼女は鞄の中から、魔法の杖を取り出した。そして、

「炎を」

呪文を唱える。

ぽふ、と白い煙が現れたものの、すぐ虚空に混じって消えた。

「あ、出ましたね。今日は調子がいいです」

むふんと胸を張る姿は、当然ながらクリューによく似ている。

浮かべるしたり顔もよく似ていたので、

「店内は禁煙なんだけどな」

「あっ、す、すみません」

表情を曇らせてやりたくてそんなことを告げると、思った通り動揺した。

両腕を大きく振って空気を循環させ、慌てて先の失態をなかったことにしようとする。アンゼリカは、きょろきょろ視線を動かして隠滅が完了したことを確認。

のち、誤魔化すように咳払(せきばら)いをした。

「ともかく。……今の私は、普通の人間と同じようなものです。大陸のどこに行ったところで、先ほど見せた以上の魔法を使うことはできません。クリューも遠くない未来、『体質』をなくし、私と同じ『魔法を使えぬ魔法使い』になるでしょう。あの子の産む子が、『体質』を受け継ぐかどうか……それはまだ、わかりませんが」

「あれが、確実にそういう子を産むとは言い切れない？」

「これまでの例からすればそうなるでしょうが、確かなことは言えません。魔法とは、魔法使いとは、解明されていないことも多くある力であり、不安定な存在です」

「現に、私たちの『長女』の生みの親は、ごく一般的な魔法使いでした」

アンゼリカの言葉を補足するように、ダニエルが語る。

彼らの長女。ファンション。ユキ。――規格外の魔法使い。

ダニエルの視線を追って振り返ると、ソアランが居心地の悪そうな顔でカウンターの椅子に座っていた。首を竦め、背を丸めて、小さくなっている。彼は魔法使いであり、スプートニクの知らない時代のユキを知っているから、思うことはいろいろあるのだろう。

しかし。同じようなことをきっと、彼らもスプートニクに思っている。クリューという子供が彼らのもとを離れ、今日のように成長するまで、保護者として後見人として、店主として彼女を見てきた、スプートニクさん。宝石を吐き出さないあの子は、あなたにとって、利用価値がないとお考えですか」

「まさか」

否定の言葉は、自分でも驚くほどにあっさりと口から出た。

「クーは……そりゃ、失敗もしますし、何考えてるのかわからんところもあります。でも、従業員としてよく働いてくれます。いないと店を回すのはそこそこ大変です。だから……まァ、なんだ」

たとえ彼らが今日、クリューを魔法使いの世界へ連れ戻すため、現れたのだとしても。

事実が揺らぐことはない。

「うちの店には、必要な人員だと思います」

「そう」

スプートニクの回答に。

二人は顔を見合わせると、嬉しそうに笑った。

「じゃ、帰りましょうか。ダニエル」

「そうだね。アンゼリカ」

「え」

二人があまりにあっさりと言ったものだから、スプートニクは面食らった。

良かった良かった、とほのぼのとした雰囲気で笑い合う二人だが、話はまだ終わっていない。

帰ると言いながらも、飾られた装飾品を見ながらあれが似合うこれが可愛いと喋り始める二人を引き留めた。

「ちょ、ちょっと待ってください」

「はい？」

「クーを、お二人のもとに連れて帰ろうという話ではないんですか？」

二人は顔を見合わせて、

「いえ、全然」

「とんでもない」

同時にかぶりを振った。アンゼリカは「そんなことをしたら、私たち、あの子に嫌われてしまいます」と、不満そうな表情すら見せて。

「私たちは、あなたに今後の方針を伺いに来ただけです。『あの子が宝石を吐かなくなる』その事実を知った宝石商のあなたが、あの子をどうしたいかという、あなたのお考えを」

「スプートニクさん、ただの人間であるあなたに、これ以上の迷惑はかけられません。もしあなたが、あの子のことを不要だとおっしゃるのなら、僕らはどのようにしても、あの子を家に連れ帰るつもりでした。……ま、ファンションの報告の通り、ただの杞憂でしたけれど」

ユキの報告。あれは自分のことを、はたしてどのように彼らに伝えているのか。そんなことを思うと、少し居心地が悪くなる。

とはいえ、これからも自分は、あれを雇っていいということだ。

アンゼリカとダニエルは、スプートニクへ頭を下げた。そして、

「あの子たちのこと、今後とも、どうぞよろしくお願いします」

こちらこそ——と答えかけて。

はたと気付く。

「あの子『たち』？」

「ええ。あの子『たち』」

繰り返すと、アンゼリカは頷いた。「だって」と口を尖らせ、不機嫌そうに眉を寄せる。そ

の視線はスプートニクの後ろに注がれている。

「ファンションといいソアランといい、もう充分な大人ですのに、夜毎散々遊び回っては周りに迷惑をかけてしまって。自分の能力が人より強大だという自覚もなくて、関係者一同、困ってしまっておりますの。オリヴィアも深々とため息をついていたわ」

「お前ら」

「ファンションがいけないんだ」

先ほども聞いた、魔法少女の件だ。睨みつけると彼はそっぽを向いた。

アンゼリカは頬に手を当て、呆れたといった様子で首を傾げ、ダニエルは笑って「君たちは本当に変わらないね」と言った。

「というわけで。あの子たちのこと、今後ともどうぞよろしくお願いしますね」

「丁重にお断り申し上げます」

これ以上、魔法使いの騒動に巻き込まれてたまるか。

しかし、それで元気を取り戻した馬鹿が一人いた。

「今後ともよろしくスプートニク！」

「お前もう帰れ！」

「痛い！」

席を立ち、承認を得たとばかりに馴れ馴れしく肩に手を置いてきたから、スプートニクは尻を思い切り蹴ってやった。

「失礼ながら、奥様。あなたが一番、こいつらを収めるのに適任でいらっしゃるのでは？　こいつも、ユキの奴も、あなたのことはそれなりに慕っているような様子ですが」

「あら。嬉しいわ」

彼らの過去の話を思い返しても、アンゼリカには二人とも恩義を感じていたようだ。彼らを制御したいのなら、力で押さえつけるよりも頭の上がらない人間を置いた方がいい。だからそう提案するが、アンゼリカは、曖昧に笑った。

「だけどね、それは難しいの」

「どうしてですか？」

「私、激しい運動は医師に止められているんです」

……また、言葉を失う。

宝石を吐けなくなった体で生きていくということは、体にまったく負担がない、というわけではないらしい。

スプートニクは、かつてユキの道具によって魔力を奪われ苦しむ魔法少女の、というか魔法使いソアランの姿を見ていた。きっとそれと同じことだ。魔力を碌に作り出せない体というのは、やはり日常生活にも大きな影響を及ぼすのだろう——

——というわけではなかったようだ。

　夫妻は顔を見合わせ、はにかむような笑みを浮かべた。

「実は今、五か月で」

　自分の腹を、愛おしそうに撫でるアンゼリカ。

　呆気に取られたスプートニクは、祝福の言葉をかけるのをすっかり忘れてしまった。


　二人はスプートニクのことを悪くは思わず、またディスプレイに並べた品物も気に入ってくれたようだ。「次は息子が生まれてから、客として参りますね」との言葉を残して、現れたときと同じように突然に去っていった。

　まったく嵐のようだった。カウンターに寄りかかりながらため息をつく――と、

「……スプートニク」

　これまた力なくカウンターに突っ伏したソアランが、彼の名を呼んだ。

「んだよ」

「クリューちゃんの弟さ」

「あァ」

「俺のこと、『お兄ちゃん』って呼んでくれるかな……」

「お前のその『お兄ちゃん』呼びへの憧れって何なの？」

　書類上も血縁上も他人だろう、とは言わないでおいてやった。

何にせよ、これからまだまだ、スプートニクの気苦労は続きそうだ。はーぁ、と長いため息をついた——と同時。

——カラン、カラン。

ドアベルの音がして顔を上げると、入口に、従業員クリューが立っていた。

「ただいまです」

クリューちゃん
おかえりパーティ（3）
Housekihaki no Onnanoko

それは、『クリューちゃんおかえりパーティ』の日のこと。

時間にして昼過ぎ頃のことである。

「あっ、来た！」

リアフィアット市の外れ、『ようこそリアフィアット市へ』と書かれた看板の隣で。

一台の馬車が遠くから走ってくるのが見えたから、クリューは両手を挙げてぴょんぴょん跳びはねた。

ここで目的の馬車を待ち続けて、もう五台ほど人違い――馬車違いをしている。その度に謝っているけれど、それでも新たな馬車が見えるたび手を振ってしまうのは、待ち人に早く会いたくて仕方がなくて、やめられなかったからだった。

今度こそと思い、大きく手を振る。近づいてきた馬車は少しずつ速度を緩め、クリューのところに近づく頃には、馬はとことこ歩いていた。

馬車はやがて止まり、窓が開いた。

「クリューちゃん。こんにちは」

「リアフィアット市にいらっしゃいませ、お姉様！」

ようやく会えた！　わぁい、わぁいと歓声を上げると、かつてクリューの姉であった人――魔法使いフランソワズ――ファンション――ユキは、面白いものを見たように笑った。

彼女は馬車の戸を開けさせ、鞄を提げて降りてくると、御者に「ここでいい」と言って支払いをした。

「お姉様、すぐ宝石店にいらっしゃいますか？」

「いや、先に、どこかで軽く食事をしていきたいな。お弁当を忘れちゃって、フィーネチカ市を出てから、何も食べていないんだ」

「あ、それじゃお姉様、良かったら私のおすすめのお店に――」

「クリューちゃん」

たくさんのことを話したくてたまらない。そんなクリューの勢いを押しとどめるように、彼女はクリューの名前を呼んだ。

うるさすぎただろうか。だけど、彼女がそう感じても当然だ。フィーネチカ市からこのリアフィアット市までは近くない、きっと疲れているはずだ。そんなところに矢継ぎ早に喋ってしまって――なんて思いやりのないことを！

慌てて口を押さえるが、彼女が名を呼んだのは、そういう理由ではなかったらしい。苦笑いを浮かべていた。

「お姉様なんて、そんな固い呼び方しなくていいよ。確かにアンゼリカ様のもとにいた頃は、クリューちゃんの姉みたいなものだったけど、今の私は、ただのクルーロル宝石商会の事務員だし。前みたいに『ファンション』でも、スプートニクのように『ユキ』でも、なんでも……

む」

　言いかけて、彼女は小さく唸（うな）った。

　クリューの『お姉様』呼びに対し、思い当たるものがあったようだ。

「もしかして、リャンが『お兄ちゃんって呼んでほしい』とか言った？」

「あ、はい」

「やっぱり。呼んでみた？」

「『ソアランおにいさま』って呼んだら、長いため息をついて動かなくなったので」

「うん」

「店に置いてあります」

「まったく正しい対応だ」

　魔法使いソアランは、他にもなんだかいろいろ喋っていたように記憶しているが、クリューにわかりやすい話ではなくて、興味は持てなかった。だからクリューは宝石店を出て、道すがら出会ったアンナやセシルと話をしつつ、この人を迎えに来たのだった。

　ふんふん、と上機嫌そうにしながら、彼女は歩き出した。

　横を歩き、鞄をお持ちします、と手を伸ばしたけれど、断られた。「仕事の書類も持ってきたから、ちょっと重たいよ」と。にんまり笑って、「出迎えがスプートニクだったら、ダンベルでも仕込んできたんだけど」とも言った。

だけど、お客様に荷物を持たせたまま歩かせるなんて、ちょっと落ち着かない。もじもじしていると、「気になるならこうしよう」と指を立てて、軽く振った。

彼女の指先から白い光がほろほろ溢れて、やがて一つの塊を形作る。色づいて、現れたのは大きなピンク色の蜘蛛のぬいぐるみ――現れた使い魔シャルは、一声「キュイ」と鳴いた。自分の体と同じくらいある鞄を背負って、少し前をとことこ歩いていく。

彼女の、空いた手のひらは、ほんの少し赤くなっていた。

「だけど、よくわかったね。私が馬車で来るって」

「えっ？」

「転移の魔法で来るとは思わなかった？」

「あっ」

言われて初めて、その可能性に気が付いた。そうだ、この人は魔法を使えるんだった。それも、普通の魔法使いよりとってもすごい魔法が使える、とってもすごい魔法使いなのだ。

危うくこの街の端っこで、一人寂しく待ちぼうけを食うところだった。彼女が馬車での移動を考えてくれたことを、心の底から感謝した。

「ま、それはともかく。何か話があったから、出迎えに来てくれたんじゃないの？」

「あ、はい。あの、あの」

話そうとして――言葉に詰まったのは。

彼女は自分のことを、姉とは呼ばなくていいと言った。だけどそれなら、どう呼んだらいいだろう？　悩むクリューに、彼女はにっこり笑ってくれた。

「クリューちゃんの呼びやすい呼び方でいいよ」

「はい、それじゃ、ええと」

どう呼ぶのがいいだろう。クリューが決めるのを、彼女はじっと待ってくれる。

「ええと……では、『お姉様』」

迷ったけれど、結局、クリューは彼女をそう呼んだ。

少なくとも今は、そう呼ぶのが正しいだろうと思ったからだ。

姉の右の瞼が少し震えた。だけど、唇が柔らかく緩んで「何？」と言ってくれる。許可を貰ったような、妹として受け入れてもらったような気になった。

安堵にほっと息をついて、クリューはまた、話し始めた。今度は慌てないように、急がないように気を付けながら。

「あの、あの。お姉様に、少し、お話ししたいことがあって」

「ふふん。お姉様はなかなか頭が回るのだ。わざわざ街の入口なんていう、店から遠いところで私を待ち伏せていたということは、スプートニクには聞かせられない話だね。……となれば、ずばり、恋の話かな？」

ふぇ、とつい声が出た。顔が熱くなるのがわかる。

「え、あの、そ、そんな、そんな、そんな、ええと」

恥ずかしくなって、頬を押さえる。姉は声を上げて笑った。笑うなんて、ひどい。

しばらくして笑い声が収まった頃、クリューは一つ、咳払いをした。そんなことより、クリューには、彼女と話しておきたいことがあるのだ。そしてそれは、恋心のことではない。いやそれも、いつかは相談したいけれど！

「……あの、ええと……よ、よろしいですか」

だけど、今話したいことは、それではない。

勝手に熱くなる頬をぺちぺち叩いて収めてから、改めて、尋ねる。今度こそ彼女は、からかったりしなかった。

「うん。どうぞ」

「あの……お姉様は、大変に優秀な魔法使いであると、伺いました」

「あっはっは、そんなではないよ。たまたまちょっと、一般的な魔法使いより頭が冴えているっていうだけの話でさ。さっきも言ったけど、君たち宝石商にとっては、ただのクルーロル宝石商会の職員だし」

「いいえ」

かぶりを振った。違うと思ったからだ。

――いや、違うわけではない。確かに宝石商の取引先としての彼女は、大人しくて、引っ込み思案な、宝石商互助組織の、職員だ。

だけど、彼女の現在における一面が、そうであったとしても、

「スプートニクさんが、私に、お姉様の、今までのことをお話ししてくれました」

彼女の生きてきた道を、クリューは知っていた。

だから、聞きたいことがあった。

「私のこと？」

そう。

彼女のことを。

「お姉様は、実のご両親を亡くした後、私のお母様のもとで、私と、私のお母様の護衛をしてくださったと伺いました」

「うん」

それは肯定ではなく、意味はない、ただの相づちのように思えた。

ただ、聞いてくれていることは確かだ。そのことに安心して、続ける。

「……ですがその中で、お姉様はお命を狙われることになりました。お姉様は、私たちを安全な場所に逃がし、ご自身は、魔法使いとしての存在を消し研究者としての地位をお捨てになり、クルーロル宝石商会に身を隠したと」

「うん」

クリューは思う。姉は、察しているのだろうか。……もしかしたら、察しているかもしれないなと思った。この、強大で、優秀で、狡猾（こうかつ）で、不器用な姉は。

すでに、クリューが今から、何を語ろうとしているのか。

気付いているのかもしれない。

「その話を聞いて、私、考えたんです」

「……何を？」

疑問符。それもまた、どこか、演技っぽさがある。

クリューは思い出す。スプートニクに、彼女の話を聞いたときのことを。

スプートニクは、頭がいい。少なくとも、クリューよりはずっとずっと。宝石商としてたくさんのことを学び、あらゆる経験を積み、そうして彼は、生きてきた。

スプートニクから、クリューの姉だという人の話を、生き様を聞いたとき。

クリューは、たった一つのことが気になった。

だけど、自分より頭のいいはずのスプートニクは、どうしてか、『そのこと』は考えもしなかったようだった。

「……お姉様が私たちを守った、その結果」

クリューが気になった、たった一つのこと。

それは。

「お姉様のお手元には何が残ったのだろう、と」

——スプートニクは、考えもしなかったようだった。

まるで「彼女はそんなことなど気にも留めない」と言わんばかりに。

そんな俗物めいたこと、彼女が思うわけがないと言わんばかりに。

「お姉様」

姉は、何も言わない。ただ、クリューの隣を歩いている。

かつて自身の姉であったというこの人のことを、この人たちと過ごした日々のことを、クリューは今もなお思い出せない。だからこの人のことを、クリューは詳しくは知らない。聞いた話から想像することしかできないけれど——

スプートニクの語りの中で、彼女はとてもとても強かった。

産みの親を失い、同僚に命を狙われ、研究者の地位を奪われても、なお。自分が生きられる場所を探し、見つけ、たった一人で生きてきた。

彼の語る、自分の姉という人は、強かった。

……強すぎた。

まるで英雄譚（たん）における主人公ででもあるかのように、強すぎたのだ。

「お姉様」

もう一度、呼びかける。何も言わない。

だからクリューは言葉を重ねる。

「お姉様。私はスプートニクさんから、お姉様のお話を聞いて、考えずにいられませんでした。私は今もなお、お母様のことも、お姉様のことも、何も思い出せません。きっとそれは、悲しくつらいことなのだと思います。……ですけど私は、それをなくしたとしても……なくした結果、私がこの街に来られたということを、今この街に住んでいられるということを、喜ばないではいられないのです。それは」

それは。

クリューを救い、助けてくれた、皆がいたからだ。

――しかし。

自分の幸福を思うたび、クリューは思ってしまうのだ。

この人は、どうだったろう。

クリューが母と離れてから今に至るまでより、もっともっと長い時間を、弱音の一つも吐くことなく、すべてを噤み、ときには騙し、たった一人で、孤独に生き抜いてきたという、この人は。

そして姉は、そういう自分を――孤独な彼女の前で、幸せに生きる、自分たちを。

どのように思っているのだろうか、と。

「教えてください。お姉様は、私のことを……お姉様が出会ってきた、皆のことを」

クリューはスプートニクに聞いた『姉という人の話』を、夜に何度も、暖かいベッドの中で繰り返し思い出した。

そして考えた。

彼女は、払った対価に見合うだけの、何かを得ていただろうか？

何かを得られていただろうか？

彼女は。

報われたのだろうか？

――姉の足が止まった。

揃って、クリューも立ち止まる。使い魔もまた、数歩前で止まっている。姉は、真っ直ぐに道の先を見たまま立ち尽くし、そして。

「私が、皆のことをどう思うかって？」

どれだけ経ったときか、彼女は。

ようやく口を開いた――

「大嫌いだよ」

それは。

地の底から響くような、低い声だった。

「ああ、そうだ。よくぞ見抜いた」

その声色は。

彼女がアコであった頃から、ファンションとして、ユキとして、ずっと抱き続けた想(おも)い、そのもののようだった。

「アンタも嫌い。アンゼリカ様も嫌い。――つまらん理由で死んだ両親も、私を拾った魔女協会も、別れを告げた私の弟も、縋(すが)った婚約者も、生まれた妹も、母と嘯(うそぶ)いたあの女も、優しかった同族たちも。誰も彼も、寄って集(たか)って、私のもの、全部奪っていった。あァ、そうとも。アンタの想像通りだ。妹よ、この私を笑うがいい。思い、悩み、考え、足掻(あが)き、生き抜き、その結果、私の手元には今、何も残っていないのだから！」

「……」

街を見ていた姉の目が、不意にクリューを見下ろした。

血の繋(つな)がりはないというのに、その目は鏡に映る自分の双眸(そうぼう)の色によく似ている。

「なァ、愛(いと)しい妹よ。私の何が間違っていたのか教えてくれるか。幼くして家族を亡くし、自分の立場を得るため協会と取引をし、必死に生き抜こうとした私に対して、人々は、与えられた養家族を死してでも守ることを任務とし、婚約者すら私を縋るものとしか見ず、同族には命を狙われ、研究者としての地位すら追われ、守れと与えられた家族(もの)を守ることすら叶(かな)わず！　ついには――」

ついには。

最後に付け加えるように吐かれた一言は早口で、幽(かす)かで、クリューに聞かせるためのものではなかったようだった。聞こえるとは思っていなかったのではないだろうか。

「――再会を待ちわびた幼馴染(おさななじ)みは私のせいで華やかな未来を捨てていた」

だけどクリューはそれを聞いた。

スプートニクは、彼女がスプートニクとの再会を願ったのは、友情でも何でもなく、単に、実家の跡目を継ぐ彼の資産狙いだったのだということを、「まったくあの女らしい」と諦めたようなため息と共に語ってくれた。

しかし。

クリューはなぜか、スプートニクが聞いたというその『動機』にも、妙な違和感を覚えた。

クリューはスプートニクの話を聞いて、姉がスプートニクに対し、語らなかったことがあったことに気が付いた。

黙ったことの数が、一つかどうかまではわからない。だけど口を噤んだ理由はわかる。きっと、他人(スプートニク)の中にあった彼女という幻想を守(つよさ)るためだ。

それはなぜか?

姉がもし、本当にスプートニクの財産を目当てに再会を願ったというなら、宝石商として出会った彼には用はなかったことになる。だというのに姉はクルーロル宝石商会でこの店の管理担当となり、彼のために書類を偽造し、彼の共犯者として、いくつもの罪を犯した。

それはなぜか？

かつてクリューの姉だった彼女は、クリューの義兄になるかもしれなかった人に、こう言ったという。

「共に生きましょう。お互いに、望む人が、望む生き方が現れるまで」

姉が『望んだ人』とは、誰だったのか？

――もしかしたら姉は、
姉は腰を折った。クリューの眼前に突き出された顔が笑う。その白目は血走っている。

「なァ。腹の底で恨むくらいいいだろう、クソガキ。アンタも、アンタの母君もそうだ。この世の何も知らねェくせに、すべてを見透かしてでもいるかのようなその目がひどく腹立たしい！」

姉が放つ、クリューの想い人によく似た口調は、想い人より遥かに彼女に似合っている。それは、あの人が彼女を真似たからだ。あの人が、一人で生きていこうと決めたときに、強く在ろうと決めたときに、模倣したからだ。強い彼女を。

クリューは思う。――自分はまだ弱いのだ。

しかし。

「お姉様」

弱いからといって、わからないわけではない。

クリューは胸を張り、背筋を伸ばした。向けられる血走った目に、屈することのないように。

「お姉様が、たった一人で生き抜いた時間が、どれだけおつらいものであったか、私には想像することしかできません。……いいえ、想像することもできません。でも」

クリューは思う。自分が弱いというのなら、愚かだというのなら。

自分から彼女へ、言えることは一つだけ。

「あなたのおかげで、私は、あの人に会えました。だから」

少なくともそのことだけは。

自分の中で、間違いではないのだと。

「ありがとう」

それに姉は――

折った腰を伸ばした。

そして。

――ぽん、とクリューの頭に手を置いた。

「よく考えたね、クリューちゃん」

そこに、沈んだ澱(おり)を浚(さら)うような陰惨さはすでにない。

彼女はただ、確かな賛辞を、クリューにくれた。

「怖がらせたね。少しだけ、意地悪をしたくなったんだ。……真っ直ぐな君に」

にっこりと笑うその姿は、クリューに優しい、クリューのよく知る彼女そのものだった。

――いや。

その瞬間、どきり、とクリューの胸が跳ねたのは、

「君の想像したことは、正しい」

認める姉の口元は緩み、目は細められ、確かに彼女は笑っている。

だけど、なぜか、ただ一瞬だけ。

その様が――

「私には、君たちが、妬ましくて仕方ない」

――クリューとさほど歳(とし)の変わらぬ少女の、泣き顔に見えたから。

「クリューちゃん、君の言う通りだよ。そして、さっき私が言ったことも、本心だ。……私が愛しいものを得ることはなく、愛したものを守り切ることもできず、私の求めたものはすべて手の中から滑り落ちた。私の愛した『魔法』も、きっといつか、未来に消えてなくなるだろう」

乗せられた、温かい手。クリューの考えに頷(うなず)いた姉を、前にして――

クリューは地面を見た。姉を見ていることが、つらくなったのだ。自分の想像したことが、そして姉が認めたことが、改めて、どれだけ悲しいことであるか、気付いたのだ。

たった一人、求めて、追いかけて、けれど何一つ、手に入れられなかった世界。

それはどれだけ、悲しいことだろう。――苦しいことだろう。

そして、今もなお彼女が抱き続けるその悲しみを、苦しみを、孤独を、この世界の誰一人として気付いていない、なんていうのは。

それはどれだけ――

あまりに胸が痛くて、唇を噛んだとき。

「クリューちゃん」

置かれた手が移動して、ゆっくりとクリューの頬を撫でた。「顔を上げて」と促す言葉に従って、クリューが恐る恐る顔を上げると、彼女はやはり笑っていて――

しかしその表情は、先ほどと少しだけ違っていた。意地悪そうな笑い顔。企みのようなものが滲んでいる。

どうしてだろうと思っていると、頬から、彼女の優しい手が離れ。

その指が、一本だけ立った。

「だけど君は、一つ勘違いをしている」

「え？」

どういうことだろう。

首を傾げるクリューの隣で、姉は、前を行く使い魔に向けて手招きをした。

「確かに私は、君たちを羨ましいと思い、妬ましいと思っている。でもね」

待ちぼうけを食っていた使い魔は、ようやく届いた命令に「キュウ」と嬉しそうな声を上げこちらに戻ってくる。

「私はここに至るまでに、いろいろなものを仕込んできた。かつて私の後ろをついて回ってばかりだった弟は、今や自分の店を持つほど立派な大人になった。かつての相棒は強く成長して、私に喧嘩を売るほどになった。私を選んだ人は、今や魔女協会本部で大きな力を得た。……私が守ると決めた母や妹、家族たちは、なんだかんだで楽しそうだし。私の仕込んだ種は、私の望んだ形でこそなかったものの、どれも芽吹き、育ち、そして見事に花開いている」

姉が何かを眺めている。

視線を追う。道の端に作られた、小さな花壇だった。

「私が手を貸した誰もが、望むように生きている。その人生の中には、少なからず私という存在が埋まっている。……そして、私が彼らの前に顔を見せれば、渋い顔をしながらも、皆、私の厄介事に付き合ってくれる。親を亡くし、庇護を失くし、一人残され、さてどう生きようかと悩んだ子供は、もはやいない。だから」

こんなこと、私を知る誰も、きっと信じはしないだろうけれどね。

そう呟いてから、に、と歯を見せた。

「私は今、そこそこ満足しているんだ」

眼鏡の奥の目は、笑っている。

暖かい風がふわりと吹いて、彼女の前髪を揺らした。

「クリューちゃん」

「はい」

「ありがとう」

彼女はなぜか、クリューに対して礼を言った。

何に対する礼なのか。礼を言われるようなことはしていない。

だからクリューは首を横に振って、だけど、彼女と同じように、笑った。そして、

「いいえ。ユキさん」

答えて――

自分が想像できたことのあまりの小ささ――彼女の言うところの『勘違い』が、とても恥ずかしいもののように思えた。

両手で顔を覆う。

「私、まだ、ちゃんとわかってないこと、多いかもしれません」

「何を言っているんだか。当然だよ」

だけどユキは、クリューの失礼なふるまいを、怒ったり、叱ったりしなかった。

腰に手を当て、ふふふん、としたり顔で笑い。

「その歳で老成してたら、大人(わたしたち)の立場がないからね。……だけど、学ばなきゃならないことが

たくさんあるっていうことは、もうわかっているんでしょう？」

「はい」

「じゃ、今はそれで充分」

ユキは、まるでクリューの健闘を称えるように、ぽんぽん、と背を叩いてくれる。

「だから、きちんとお願いしておいで。……どうせ、まだ、言えてないんでしょ」

胸の痛いところを突かれて、クリューは、む、と首を竦めた。この人は、どこまで見抜いているんだろう。なんでもわかっているようだ。

そんなクリューの様子にユキはひとしきり笑ってから、ひらりと手を振った。

「じゃ、私はここで」

「え、うち、来てくれないんですか？」

「うーん。ちょっと、人に会ってから行くよ。この街に、謝らなきゃいけない人が一人いるからね」

彼女が謝らないとならない人？

「どなたですか？」

「喧嘩売って巻き込んじゃった、敏腕警部のお姉さん」

眉間と顎に皺を寄せ唇を尖らせる姿は、心底悩んでいるようで、彼女にしては珍しい表情だった。思わず噴き出すクリューに、彼女は「本当に困っているんだよ」と不貞腐れたように言う。

「できれば敵に回したくないから、許してくれるといいんだけどなァ」

「ナツさんなら大丈夫ですよ。いい人ですから」

「うーん。クリューちゃんがそう言うなら信じて頑張ってみよう」

「はい」

ナツとユキなら大丈夫だと、確信めいたものを思う。

きっと、二人はいい友人になれるだろう。……スプートニクはもしかしたら、二人が仲良くなることを、嫌がるかもしれないけれど。

「お互い頑張りましょうね、『お姉様』」

「まったくだ、『妹』よ。――また後でね、クリューちゃん」

ユキがひらりと手を振ってくれる。

クリューも真似て、彼女の後ろ姿へ、手を振った。


「ただいまです」

スプートニク宝石店に戻ると、店主スプートニクと、魔法使いソアランがいた。

なぜだか二人とも妙に疲れた様子でカウンターに寄りかかっていたけれど、クリューが帰宅の挨拶をすると、スプートニクはいつも通りに「おかえり」と迎える言葉を返してくれた。

「どこに行ってたんだ、クー」

「ええと」

ユキに会ってきた、と答えるのは簡単だけれど。

会話の内容まで話さなくてはならなくなったら、ちょっと、恥ずかしい。だから、

「なんでもないです」

「？　変な奴（やつ）だな」

えへへ、と笑って——しかし。

クリューもちょっとだけ、真似をしてみたくなった。

唇を尖らせ、そっぽを向いて、

「うるせェな、です」

すると。

スプートニクは無言で席を立ち、

「この俺にいつからそんな口が利（き）けるようになったんだ、えェ？」

「ぷえええええええ」

頬を引っ張られた。外出していた間何があったのか知らないが、虫の居所が良くないようで、
いつもより引っ張る力が強い。

だけど、心折れてはいられない。

じんじん痛む頬をよく擦って元に戻す。そして真っ直ぐに、スプートニクを見た。

彼は、何か――恐らく軽口を言いかけたけれど、クリューの様子がただごとでないと気付いたのか、やめた。

クリューの視線を受け止めてくれる。

「どうした」

こういうときクリューは、スプートニクのことを、ずるいと思う。

いつも子供としてあしらうくせに、クリューが本当に聞いてほしいときは、ちゃんとクリューのことを見てくれるのだ。クリューの話をきちんと聞いて、判断してくれるのだ。

そういうときばかり本当に大人ぶって、ずるいのだ。

だけど、そういうとき。

彼は確かに、大人なのだ。

だからクリューは、

「――スプートニクさん。お願いがあります」

そういう彼の隣にいられるようになりたいと、痛いほどに、思うのだ。

手紙
Housekihaki no Onnanoko

一通の、手紙が届いた。

「……まったく」

手紙の宛先は、そして手紙を受け取ったのは、クルーロル宝石商会会長クルーロル。自身の運営する会の本部ではなく自宅宛に届いたそれを、彼は自宅の書斎で開いた。

飾り気のない、白い便箋。一枚目を検め、つい笑った。

手紙の送り主は、商人となってもう長い。正しい手紙の書き方くらいとうに覚えただろうに、クルーロルへ宛てる手紙の書き出しは、今も必ず時候の挨拶を省くのだ。

差出人は宝石商スプートニク。クルーロルの養娘ユキと手を組んで、しょっちゅう悪さをしている青年だ。先日ヴィーアルトン市を訪れていたが、そのときも散々こちらに迷惑をかけてくれた。

クルーロルにとってできの悪い息子のような彼からの手紙を、クルーロルは一文ずつ、丁寧に読んだ。

＊

クルーロル　様

スプートニクです。

先日のヴィーアルトン市訪問では、大変お世話になりました。

クリューともども無事にリアフィアット市に帰り着くことができましたので、今回の件に関する礼と、近況報告を兼ねて、今、ペンを執っています。

例の件で拵えた俺の怪我は、それなりに良くなりました。

気温の低い朝晩や、湿度の高い日こそ痛みますが、歩くのに杖も必要なくなり、商売に問題がない程度には動けるようになっています。

困りごとといえば、クリューがやたらと俺の世話を焼きたがることでしょうか。ただ、自分のために傷を負ったことを悔やんでのことというよりは、看病ごっこがしたいだけのように見えます。

というのも、俺が立ち上がろうとするたびに、目の前にやって来ては、

「ゆっくりですよ、ゆーっくり」

と緊張した面持ちで言い、立ち上がると額の汗を拭うような仕草をして、いかにも「一仕事した」という様子を見せるのが、鬱陶しくてなりません。

また、何を勘違いしているのか、食事の介助までしようとします。

入院している間に、看護師に頼んで、こいつに『怪我人との正しい接し方』を教えてもらっておけばよかったと後悔しています。

……ただ、こいつの煩わしさがあってこその当店であり、俺の日常なのだということも、今回の一件で身に染みて理解しました。


クリューと言えば、ユキから聞いていることと思いますが、リアフィアット市の馴染みの喫茶店で、クリュー帰宅のパーティを開くことになりました。

クルーロルさんは仕事で来られないとのこと、残念です。

また、祝いの品をありがとうございます。確かにクリューに渡しておきます。街の住人の他、ユキや魔法使いたちも来ることになっているので、賑やかな会になりそうです。


当店の営業も再開しました。

案件は溜まっていましたが、ユキと商会が動いてくれていたおかげで、トラブルや懸念事項はありません。以前と変わりなく、日々の業務を片付けています。

クルーロル宝石商会での処分を不問としてくださったこと、感謝しております。あれだけ騒がせたのだから、どのような沙汰を申し付けられても受け入れるつもりではありましたが、まったくの無罪放免として頂けるとは思っていませんでした。ご恩に報いられるよう、今後とも精進してまいります。

今回のヴィーアルトン市訪問で、クリューはたくさんのことを学んだようです。

と同時に、俺自身も自分の未熟さを思い知りました。学生の頃の全能感は歳(とし)を取るごとに薄れ、まだ学ばねばならないことは多いのだと痛感すること頻(しき)りです。

今回の件で散々頼っておきながら、「今後とも」とはいい加減にしろと説教されそうですが、クルーロルさんには、取引先としても、先達としても、まだ諸々(もろもろ)とお世話になるかと思います。

実の父より父のように頼ってしまい大変申し訳ありませんが、これからもご指導ご鞭撻(べんたつ)のほど、よろしくお願い致します。

＊

つらつらと一方的に書かれた手紙を読み終えて。

「まったく」

クルーロルは、冒頭を読んだときとまったく同じ言葉を吐いた。

「若造が、一丁前の口を利きおって」

そして、くふ、と喉から笑い声が漏れた。

相変わらず、生意気なことを書いてくる奴だ。……散々手をかけてきた息子同然の青年に「父のようだ」と呼ばれることの喜びすら、どうせ理解できていないのに。

しかし手紙の内容からすれば、スプートニクも、彼なりに自らの素行を反省したらしい。

商人となり、従業員を雇い、何件もの顧客を抱え──宝石商として上手くやっているつもりだったところに今回の件だ。クルーロルを出し抜こうとしたがそれも失敗し、自分の浅はかさを痛感したことだろう。

けれど。クルーロルは、それでいい、と思っている。

いくらでも心折れるがいい。まだ、若いのだから。

──ノックの音がした。

「はい」

答える。そっと戸が開いて、顔を見せた人は。

「スプートニクさんから、お手紙が届いたそうで。良かったですね」

クルーロルの妻であるマリアだった。

「どのようなことが書かれていたんですか」

「相変わらず生意気なことばかりだ。奴からの手紙など、届いたところで嬉しくはない」

クルーロルの反応がおかしかったのか、マリアは、ぷ、と噴き出した。

「意地を張って」

「なぜそう思う」

「だってあなた、彼らの滞在中、クリューさんのことは勿論のこと、それと同じくらい熱心に、彼の怪我を心配なさっていたから」

「む……」

「だから、近況報告が届いて良かったですね、と」

素直に喜んだらよろしいじゃありませんか。そのマリアの進言はもっともだが、長いことあの男の振る舞いを見てきたせいで、見すぎたせいで、今さら簡単には接し方を変えられない。

しかし――同時に。長いこと見てきたからこそ、わかる。

彼は確かに、腕のいい宝石商だ。これからもまだ、伸びていくだろう。

「……あれは、君の目から見て」

隣に立つ、マリアを見る。

彼女は仏頂面のクルーロルへ、笑いかけていた。

「いつか私を抜く宝石商になると思うか？」

「さあ、どうでしょう。私には、商売のことはわかりませんけれど――」

ほんの少し、考えるような間が合って。

それから彼女は、こう尋ねた。

る。
「そのときは、あなたの後継に？」
自分が腹の底の底で考えていたことを言葉にされて、つい、意表を突かれたような気分にな
だけど、言葉にされてわかる。あの男に、そんな仕事は向かないと。
あれは、もっと自由な――
「そんなことより。――どうした、マリア」
そうだわ、忘れていた、と照れたように笑い、マリアは胸の前で手を打ち合わせた。
「さっき彼と、玄関でお会いしたの。あなたに会いたいと言っていたから、ご案内してきたん
です」
「誰を？」
彼。その三人称で思い浮かんだのは、手紙のこともあってスプートニクだったが、まさかあ
の男ではあるまい。リアフィアット市からここまで相当の日数がかかるし、魔法使いの能力を
持つユキの力を使って来たというのであれば別だが、それならマリアは、ユキのことも言うだ
ろう。『彼』とは指さないはずだ。
となると――
しかしクルーロルに、悩む時間はなかった。悩む間もなく、それが室内に飛び込んできたの
だ。

「お義父さん！　お手紙は読まれましたか！」

「貴様に義父と呼ばれる筋合いはない！」

答える言葉は反射的に出た。――クルーロルの養娘ユキの自称恋人にして実質使い走り、クルーロルのことを義父と呼んではいつも神経を逆撫でする厄介者、ラッシュという男。あくまで自称であって、ユキ自身もこれの存在は疎んじているようだ。

しかし彼は周りのことを顧みないその態度で、クルーロルやユキの拒絶もまた意に介さない。いつものように目をきらきらさせながら、暑苦しい笑顔で「我が義弟スプートニクの手紙は読まれましたかお義父さん！」と、再度クルーロルに迫ってきた。

ラッシュの肩を押して距離を取りながら、彼の言葉を嫌々ながらも理解しようと試みる。

――スプートニクの手紙？

「読んだ。それが、なぜお前に関係ある」

「あら、あなた」

クルーロルの問いに答えたのは、マリアだった。きょとんと目を見開いて、

「この手紙を届けてくださったのは、ラッシュさんですよ」

「義弟から『これ急いでクルーロルさんに持ってけ。ええと、ほら、中にお前とユキの仲を認めるよう口添えとか書いてあるかもしれないから急いで届けろ』と言われていたので！」

「あの馬鹿め……いいか、これはそういう手紙ではない。書いてあるわけがなかろう」

「つまり『書いてなくとももとより二人の仲を認めている』と⁉」

「誰かこの男を屋敷からつまみ出せ！」

何が「つまり」なのか拡大解釈極まりない結論を出され、堪忍袋の緒はあっさり切れる。椅子から立ち上がり大声で叫ぶと、間もなく使用人が駆け付けた。

使用人二人に脇を抱えられ、ラッシュが部屋から退出するのを見届けてから。

クルーロルは大きくため息をつき、額を押さえた。

「早く届けたいのなら、ユキに託すなり何なり、他にも手はあったろうに……あいつはまったく……！」

「落ち着いてくださいな。血圧が上がりますよ。深呼吸、深呼吸」

マリアの細い手がクルーロルの肩を撫でる。

クルーロルはもう一度深呼吸すると、椅子に深く腰かけた。書き物机に置いた手紙を取り上げて、もう一度読み返す。何度読み返したところでラッシュの言ったようなことは書かれていない。書いてあるわけがない――が。

「……うん？」

「どうなさいました？」

「いや、続きが……」

最後と思った便箋、その後ろにもう一枚、続きがあった。

無論、ラッシュの言ったようなことが記されているとは思えないが、読みはぐっていたそれは、仕切り直すような文章から始まっていた。

さて。

冒頭にて、この手紙の内容を、今回の礼と帰宅報告と申し上げました。
騙し討ちのようになり恐れ入りますが、実は、伝えたいことがもう一つあります。

「……伝えたいこと？」

「何でしょうね。改まって」

覗き込むマリアも、クルーロルと同じくらいの速度で文章を追っているようだ。
そのまま視線を下ろしていくと、そこにはこう続いている。

一点、お願いがございます。

パーティへ
ようこそ！
Housekihaki no Onnanoko

それは、『クリューちゃんおかえりパーティ』の日のこと。

時間にして夕刻、喫茶店フィーネにて。

本日のパーティの主催であるスプートニクは、フロアの一番奥に立ち、ぐるりと店内を見回した。

パーティは予定通りに準備ができた。壁は色とりどりの紙で折られた花や星形のオーナメント、パステルカラーのガーランドで飾りつけがされ、すべてのテーブルには綺麗な花瓶と、花が活けてある。「酔っ払いが出るだろうからキャンドルは使用しなかったわ」というのはエルサの英断である。

クリューは店内すべてを見回せる最奥のテーブルに座り、照れたように笑って、

「緊張しますね！」

と言っているが、集まっているのはどうせ顔見知りばかりである。

誰が作ったのやら用意周到なことで、彼女は金色の紙で作った冠を被っていた。いっそ『本日の主役』とでも書いた襷でも用意してやれば良かったか。

「さて、そろそろお集まりかしら。……静粛にー、静粛にー」

隣に立つエルサの、両手を打ち合わせる音が二回。それだけで店内のざわめきは音量が下がった。同時に皆の視線がこちらを向いて、クリューの背中が意味もなく伸びる。

「それでは、パーティ開始の挨拶と乾杯の音頭を、スプートニク宝石店店主スプートニクさんより頂きたいと思います」

座ったクリューから、「スプートニクさん頑張れー」と小さな声援が飛ぶが、アンチョコを必要とするほどの気取ったことを言うつもりもない。

腰に左手を当て、息を吸い。

全員に聞こえるように、声を張った。

「えー、ただ今ご紹介に与り（あずか）ましたスプートニクです。この度は当店主催の『クリューおかえりパーティ』に予想を遥か（はる）に超える人数のご参加を頂きまして誠にありがとう馬鹿野郎ども限度を知れ。また、ヴィーアルトン市現地でのご協力者様方には、お力添えを心より感謝いたします。……さて、パーティにおきましてまず注意点をいくつか。空いた皿とグラスはできる限り自分で処理してください。譲り合いの精神を大切に。好き嫌いは許さん、頼んだものは責任持って食え。弁当箱の持ち込みは発見次第、窃盗で速やかに警察へ被害届を提出します」

挨拶を、上機嫌な彼らは聞いているのかいないのか。

「そして最も重要な点。本日の会は参加費無料、全額スプートニク宝石店の出資となっております。弊店的にはド赤字の出血大サービスであり、今後のご近所付き合い等々考えましても、酒の消費量は、極、力、控えめに――」

「スプートニクさーん、酒おかわり」

「こっちもー」

「まだ乾杯もしてねェだろうが飲んだくれども！」

エルサも、いそいそと嬉しそうに追加の酒を注ぎに行かないでほしい。

「とにかく明日以降、スプートニク宝石店へのご来店とご用命を心よりお待ちしております。それでは皆様、グラスをお取り頂きご唱和ください。当店従業員の無事の帰りを祝し、併せて、本日お集まり頂きました皆様のご健勝とご活躍と『ご平穏』を切に祈念致しまして――」

一拍。

スプートニクの合図に、全員大きく息を吸い。

グラスを高く高く掲げ、

「――乾杯！」

そして。

宴が始まる。

＊

「む……」

　枕がごろろ、と妙な音を立てたせいで、クリューは目を覚ました。どうも、パーティの最中に寝てしまったらしい。

　ここは……家ではない。喫茶店フィーネ、その床だ。

　暗かったはずの窓の外は、だんだんと白みつつある。

　身を起こして初めて、自分がスプートニクの腹を枕にして寝ていたことに気付いた。聞いたのは、スプートニクの腹の音だったようだ。

　ぼんやり寝ぼけた頭で、パーティの様子を思い出す。昨晩はものすごい大騒ぎだった。大人たちは酒を浴びるように飲み、子供たちはおいしいケーキを山ほど食べた。クリューはパーティに来ていた魔法使いたちや街の人たち、全員とお喋り(しゃべ)をしたはずだ。

　参加者からはたくさんのプレゼントを貰(もら)った。玩具(おもちゃ)や菓子、花束といったものから、華やかな歌や音楽、踊りまで。

　クリューのリクエストで、嫌々ながらも曲に合わせてくるくる器用に踊るスプートニクの姿はとにかく格好良くて、クリューの胸の中で一生の宝物になった。

　それに対抗して、というかユキに指示され乱入したソアランの下手くそな踊りはスプートニクとは別の意味で皆の目を引いて、おかしくて仕方なかった。クリューが「おにいさま、頑張れ！」と声をかけるとぱっと嬉しそうに笑ったけれど、それで踊りが上手(うま)くなるわけでもなく。

　そんな中、『魔法使いからのサプライズゲスト』として、クリューの両親という人も現れた。

父のことも母のこともやっぱり思い出すことはできなかったけれど、その姿を見た瞬間、なぜか胸が痛くなって、何も言えなくなって、二人に抱き締められると、ただただ幸せで涙が溢れた。

目が真っ赤になるまで泣いて、頬が痛くなるまで笑った一晩だった。

店内を見回す。あちこちに見知った顔が転がっている。毛布を借りて寝入った人、酔い潰れたらしく酒瓶を抱えた人、様々だ。クリューは毛布を掛けていたけれど、スプートニクはただ床に転がったままでいる。

厨房の方から、水の音と食器のぶつかる音が聞こえる。きっと、喫茶店フィーネの店員たちが片付けをしているのだろう。

「クーは……」

けほん、と空咳。一つ、宝石が零れた。

ヴィーアルトン市から長い距離を帰ってきて、また、リアフィアット市での日常が訪れた。

一度離れて戻ってきて、ここはとても素敵な街だ、と改めて思う。

クリューが生まれてから、この街にたどり着くまでの道のりには、たくさんの辛いことがあった。怖いことがあった。忘れてしまって、今も思い出せないことだってたくさんある。

だけどスプートニクと一緒にこの街に来られて、この街の人たちと出会えて、この街で働き、この街で暮らすことができて、本当に良かったと思う。

でも。

「……それでも」

それは、クリューの言葉ではなかった。

床に転がったままのスプートニクが、いつの間にか起きていた。起きていて、クリューを見ていた。

ぼんやりと店を見回すクリューの姿に、今、クリューが何を考えているのか察したのだろう。笑わない灰色の瞳が、クリューを映している。

「それでも、行きたいか」

街を昇る朝日。

楽しかったパーティ。

優しい人たち。

決心が揺らぎそうになる。

――それでも。

「はい」

頷（うなず）く。

自分で決めたことだから。

「クーは、学校に行きたいです」

幕間
Housekihaki no Onnanoko

進学したい。

そうスプートニクに告白したときのクリューはひどく思いつめたような顔をしていたが、一方でスプートニクは、遅かれ早かれ彼女はそう言い出すだろうと、心のどこかで確信めいたものをずっと感じていた。

だから、そう言い出したときもスプートニクは驚かなかったし、むしろ、ようやく言ったかと、背負っていた重荷を下ろしたような感覚すらした。

「が、学費は、うーちゃんを質に入れても」

「またそれか」

質草にしたところでたかが知れているというのに。

そしてクリューは、リアフィアット市が嫌いになったわけではない、としつこいくらいに話した。できるならばずっとこの街にいたい、でも――と。

その気持ちはわかる。この街は、悪い場所ではない。ただ、彼女は、ここで暮らしているだけでは得られないものを、もっと多くのものを知りたいと感じたのだろう。

かつて家を飛び出したスプートニクも、エルキュール宝石学校（エルキュール・カレッジ・オブ・ジュエリー）に就学し、卒業後は宝石商としてあちこちを旅して、いろいろなものを知り、出会い、その結果、リアフィアット市に根を下ろして商売することを決めた。それと同じことだ。それだけのことだ。

ただ、一点、違うところがあるとすれば――

「大丈夫。お前の好きにやれ」

クリューには、背を押す人間がいるということくらいか。

だからそう答えると、彼女は安心したように「はい」と言った。


クリューは進学先に、エルキュール宝石学校を選んだ。

スプートニクは彼女へ、他にも学校はあるということを教えるために何冊かのパンフレットを集め、見せてみたが「エルキュール宝石学校に通いたいんです」と譲らなかった。

「体験学校で、授業の内容とか、施設とか、あと先生のお人柄とかを知って、あの学校で、たくさんのことを学びたいと思いました」

「そうか」

面接試験で志望動機を聞かれたなら、満点の回答だが。

「だけどこっちの学校の制服の方が、お前の好みに近いんじゃないか」

「あっ、確かに……」

修学内容とは別のところであっさり揺らいでいたが、結論は変わらなかった。

ともあれ、それが自分の意思なのであれば、進路選択に関してスプートニクから言うことは特になかった。

エルキュール宝石学校には宝石商としての知識や宝石加工の技術など専門分野のみに絞って

習得する専門コースと、語学や数学といった基礎学力を含む幅広い知識を学ぶ一般コースがある。クリューは後者の入学を目指すことにした。

入学試験には、面接試験と筆記試験に合格することが必要になる。とはいえ一般コースの受験生は皆クリューとさほど年齢が変わらないような子供ばかりだから、裏を返せば試験もその程度のものだということらしい。

などなど。このあたりの情報は、クリューが進学を希望していると関係各位に相談したとき、クルーロルから聞いたものだ。

クリューが進学をしたいと言い出したとき、スプートニクはまずクルーロルとユキに報告し、数日後、ユキの魔法によって関係者が一堂に集められて話し合いが行われた。「どうして毎度、私の屋敷を集会所として使う」とクルーロルは不満げだったが、他に適切な場所が思いつかなかったのだから仕方ない。

魔法使いアンゼリカとダニエルは「あの子も大きくなって……」と感慨深げに呟き「あの子が望むようにさせてあげてください」と深く頭を下げた。ユキは「緊急時の情報伝達は任せて！」と胸を張り、クルーロルも「ヴィーアルトン市滞在時は力になろう」と喜んで援助を申し出てくれた。ソアランは咽び泣くばかりだったので放置した。

クルーロル曰く「エルキュール宝石学校の受験制度は、妙な人間が入学しないための、言わばチェックのようなものだ」とのこと。

「妙な人間？」

「勿論、試験結果は、入学後のクラス分けの参考にも使われるが……この学校に、宝石商の縁者が多くいるのはお前も知っているだろう」

「ま、そうですね」

「それに上手いこと近づいて悪いことをしてやろうと考える奴や、そういった人間に唆され、あるいは指示されて入学を目指す奴もいる。そういう人間の入学を防ぐために、入学試験という名のフィルターを作っている」

「じゃ、ごく一般的な宝石店の従業員であるクーは問題なさそうですね」

「お前はくれぐれも、入学願書の保護者欄に本名を書くなよ」

　学生時代の自分はそこまで素行不良だったろうか。だったかもしれない。

　というわけで、試験自体はいずれも一通り問題集を読んでいれば間違いようのない問題や質問ばかりだが、真面目なクリューは受験勉強に余念がない。わからないところがあるとスプートニクのところに質問に来たが、そのたび「ペン転がして適当に書いときゃ当たる」と答えてぷんぷん怒られた。

　ただ、大声を出すこと自体がストレス発散になっていたのと、「スプートニクさんでもわからない問題なら出ませんね」と一人納得することで、安心していたようだった。

　また、街には息抜きに連れ出してくれる友達もいる。悩み過ぎると奇行に走る癖のある娘だから、そういう意味では安心して彼女の受験生生活を見守ることができた。

　エルキュール宝石学校の新入生受け入れは、春入学と秋入学、年二回ある。クリューは体験学校からちょうど一年後の、春入学を目指した。春入学の願書は前年の秋頃に提出を受け付け、試験は冬に行われる。

　クリューは、同じくエルキュール宝石学校への春入学を目指すヴィーアルトン市の友達リーエと、よく手紙のやりとりをした。情報交換し、励まし合い、たまに季節の品を送り合った。

　スプートニクたち関係者は、合格後の入学手続きについて何度か話し合った。最も話し合いに時間がかかったのは学費や制服代など、金銭面でのことだ。

　全員とも資金には余裕があるので、誰もが「自分が出す」と言って譲らなかったが、主な学費を保護者スプートニクが、制服代をアンゼリカ夫妻が、ヴィーアルトン市内での緊急連絡先をクルーロルが、そして不測の事態における連絡手段をユキが担当することで合意した。ソアランは咽び泣くばかりだったので放置した。

＊

　そうして、時は流れ。

スプートニク宝石店の営業も滞りなく、魔法使いの世界事情も穏やかに巡り。
やがてリアフィアット市にも雪が降り、雪が積もり、そしてその雪が解けてきた頃――
スプートニク宝石店に、合格通知が届いた。

旅立ち
Housekihaki no Onnanoko

クリューが、ヴィーアルトン市での体験学校に旅立つより少し前。

ある日の、スプートニク宝石店の話である。


「郵便です」

時刻にして昼より少し前。その日、スプートニク宝石店を訪れたのは見知った郵便局員だった。

「お、来た来た」

カウンターに座っていたスプートニクは、いそいそと立ち上がった。サインをして受け取ったものは小箱。スプートニクが先日発注した品である。待ちわびていただけあってつい表情が緩んだが、それを見逃さなかった人物がいた。

従業員クリューである。はたきを振る手を止め、いかにも怪しいものを見たといった様子でとことこと寄ってきた。

「何ですか、何ですか。何が届いたんですか」

「お前には関係ないモノ」

「どこの女からの貢ぎ物ですか」

「お前そういう言葉どこで覚えてくるの？」

妙な誤解をされたままでいるのも腹が立つので、中身を見せてやることにした。カウンターに箱を置き、カッターを出して包装を解く。

　出てきた箱の蓋を開けると、そこに並んでいたのは、

「つやつやのぴかぴかの真っ白の、まんまるです」

「真珠だ」

　発注した通り、質のいい大ぶりの真珠が行儀よく並んでいた。

　今回顧客から発注を受けた装飾品が、真珠を用いたものだった。加工室の在庫を捜したがデザインに合うものがなかったので取り寄せたのだが、届いたものはどれも、傷はなく大きさも整っていて、加工のしやすい逸品だった。スプートニクの頬にも、にんまりと笑みが浮かぶ。

　そういえば。スプートニクは、ふと、クリューの顔を見た。

「さすがのお前も、真珠は吐き出さないみたいだな」

　クリューは思い出すように天井を見た。しばらく考えて、かくん、と首が横に曲がる。

「そうですね、吐いたことないかもです」

　クリューの口から吐かれる宝石がどういう仕組みで作られているのかは知らないが、真珠を吐かないというのは、彼女が貝ではないことの証左かもしれない。

　そんな冗談を言うと、クリューは首を傾げた。

「どういうことですか？」

「世の中には、お前みたいな二枚貝がいるんだよ」

簡単に答えるものの、それでもなお不思議そうにするので、もう少し詳しく説明してやることにする。

「いいか。真珠っていうのは、一般的な宝石とは違って、どこかから採掘してくるものじゃない……簡単に言ってしまえば、ある種の貝の体内で作られるものだ。貝をぱかっと開けてやると、中にコレが入っている」

「なんと」

両手を貝の殻に見立てて、開けるジェスチャー付きで説明してやると、クリューは目を丸くした。

「だけどお前は、真珠を吐いたことはないだろう」

「つまり、クーは貝ではないということが証明されたということですね」

「そうだな」

「良かったです」

「そうか」

冗談を解説するだけでもそれなりに苦痛なのだから、まともに取り合わないでほしい。

しかしクリューには大事なことだったようだ。頬を両手で包み、クーは人間ですよ、といたく真面目に主張している。

それから、昆布の真似(まね)でもしているつもりなのか、もじもじくねくねと全身を揺らしながら、

「クーは貝じゃなくて、人間の男の人と結婚したいですから」

「そうか」

「あっ、でもクーは、もしスプートニクさんが貝になってもずっとずっとスプートニクさんのお側にいますから、安心してくださいねっ」

「貝に転職する予定は今のところねェな」

　未来永劫ないと思うが。

　箱を取り上げ、宝石加工室に運ぶ。真珠に親近感でも覚えたのか、クリューが後をついてきた。今のところ来客もないし、多少手薄にしても構わないだろう。

　箱を机に置く。よほど気に入ったようで、クリューは箱をまた覗き込んだ。

「これでどんなアクセサリーを作るんですか」

「取り敢えず依頼が来ているのは、指輪と、一粒ネックレスと、ピアス。残った真珠は在庫にするか加工して売るか、また後で考える」

　棚にしまっておいたデザインの束を取り出して、箱と一緒に置いた。良い真珠を使って作ってみたかったデザインは、依頼品の他にもあるのだ。

　さて、真珠とはどう保管するのが適切だったか。棚から本を取り出して、確かこのあたりに書かれていたはずだと、当たりをつけたページをめくっていると、

「あの、あの、スプートニクさん」

名を呼ばれた。

振り返る。箱から顔を上げたクリューが、こちらを見ていた。

「うん？」

「真珠を作る貝の人は、海にいるんですか？」

「貝の人」

その表現に、つい、二枚貝に成人男性の体がくっついた生き物を想像してしまう。頭部が貝で、首から下が筋骨隆々の体つきをしたそれは、肩幅に足を開き腰に手を当て、胸を張り、スプートニクの頭の中で自分の存在をこれでもかと主張した。控えめに言って気持ちが悪い。

クリューは、真珠を作るという貝のことをどのように理解したのだろう。スプートニクが、転職と冗談を言ったのも悪かったかもしれない。きっと間違えているのだろうと思いながらも面倒なので訂正はしなかった。

彼女の今の疑問は、真珠を作る貝が海にいるか、否か。それだけだ。

「……淡水のものも、いたような気はするが。少し前、海に養殖場を作って量産する実験が進んでいるとか聞いたから、海にも多くいるんじゃないか」

「貝の人が海にいっぱい」

「その言い方はやめろ」

体調を崩した日に見る悪夢のようだ。

「そっか。海の貝は、宝石を作るんですね」

　しみじみとクリューが言った。

　海にいるすべての貝が真珠を作るわけではないから、一概にそうとは言えないが。クリューが気にしたのは、そういうところではなかったらしい。

　続いたのは、スプートニクが答えに悩むような疑問だった。

「だったら、クーのお父さんとお母さんも、海にいるんでしょうか」

「……どうだろうな」

　スプートニクには、そのときのクリューがどんな答えを求めているか、想像がつかなかった。だから、本を読んでいるふりをしながら、そうやって煙に巻くしかなかった。

「だとしたら、どうする？」

「うーん」

　質問に質問を返されたクリューは、腕を組み、目を閉じて唸り。

「冬の海は冷たいと思うので、夏だけ帰省したいです」

　思いのほか現実的な回答が返ってきた。

　結局のところ両親のことは、深い意味のある質問ではなかったらしい。盗み見ると、クリューは真珠を眺めながら、のんびりと笑っていた。

「いつかお父さんとお母さんが見つかって、それで、お父さんとお母さんが貝の人だったら、そのときは、帰省するたび、お土産にたくさん真珠貰って帰ってきますね」

その場合は珊瑚も頼みたいな――と考えながら、海には他にも、楽しめるものがあることを思い出す。

海にあるものは、宝石商としての楽しみだけではない。そう、

「海産物も頼むぞ。蟹とかいいな」

「そうですね！　お魚とか、海老とか、あと……」

海の幸を指折り挙げていくクリュー。しかしその途中で、クリューはあることに気付いたらしい。はっと、弾かれたようにスプートニクを見る。その目は不安に揺らいでいた。

クリューの心配事。なんとなく予想はついていたが、案の定。

「食べさせてもらえるでしょうか、貝」

「どうだろうな」

貝の人の食文化に、はたして共食いは存在するのか否か。

「あの、あの、私、アサリのたくさん入ったトマトのパスタ、好きですけど」

「どうだろうな」

「アヒージョも好きですけど」

「いいよな」

「網で焼いて開いたところに塩とレモンかけて食べるのも好きですけど」

「あれがまた酒に合うんだよな」

「バター焼きも好きですけどぉ！」

「困ったなぁ」

以降、いかにして貝（仮）の両親に貝料理を認めてもらおうかと、いらぬ心配を抱くクリュー。

やがて「貝の人にも一度貝を食べてもらえば、貝のおいしさがわかるのでは」と狂気じみたことを呟き始めたクリューを見ながら、スプートニクは、こいつの人生には悩みが尽きずまったく楽しそうだと、本に顔を隠して笑った。

だから。

当時はまったく気付かずに、流してしまったことだったけれど——


枕もとで時計が賑やかに朝を告げ、スプートニクは目を覚ました。

夢を見た。宝石店での、他愛ない日常の夢だ。

どうして今日に限って、そんな夢を見たのだろう。

「なんでだろうな……」

ベッドの中で誤魔化すように独り言ちながら、答えはなんとなく、わかっていた。

クリューの両親がいつか見つかる日を語った、もしもの話。帰省したときには、たくさんの土産を持って帰ってくると想像して笑い、そして想像の設定に悩んだ、いつもの二人の、日常だ。

夢から覚めたスプートニクが思ったことは、真珠を使った装飾品のデザインに関することではない。貝の人なんていう生き物が、この世に存在するか否かでもない。

クリューが夢の中で、あまりにも当然のように言ったこと。

家族に出会えたクリューが、帰省し土産を貰うくだりのところで、たくさんの真珠を。

「……貰って『帰ってきます』ね、なんだな」

実の両親がいるところではなく、この宝石店こそが、自分の帰るべきところだと。

あくびを一つ。ぼやけた視界を鮮明にするため、スプートニクは目を擦った。

*

今日は、従業員クリューの、旅立ちの日だ。

頼んだわけではないのに、早朝なのに。

クリューの出発を見送るため、街の皆が集まってくれた。

「今日は、お集まり頂きありがとうございます」

スプートニクに合わせて、クリューはぺこん、と頭を下げた。

――今日は、クリューの、旅立ちの日だ。

弁当と、水筒と、酔い止めの飴。大事なぬいぐるみと、日記帳と、お小遣い。

ヴィーアルトン市までの荷造りは、前の晩のうちに済ませていた。だから朝に慌てることはなくて、ただ用意していた朝食を食べて、服を着て、髪を梳かして、淡々と、準備をした。

街にはちょっとだけ霧がけぶっている。だけど、馬車が走れないほどではない。クリューたちは店の前で、クリューのための馬車がやってくるのを待っていた。

教科書や制服など、学校生活に必要な荷物はすべて、エルキュール宝石学校の構内にある学生寮に送ってもらっている。だから鞄の中に入れたものは、リアフィアット市からヴィーアルトン市までの道中に必要なものだけだ。

ヴィーアルトン市についたら、一度クルーロル邸に寄って、クルーロルに挨拶をして、それから、学校の寮に行く。学校では同じく入学生となったリーエと待ち合わせをしている。体験学校への旅立ちと違って、一度行ったことのある街だし、知っている人が誰もいないところへ行くわけではないから、今度の訪問に不安なことはない。

不安なことは、ないはずだ。

だけど。

「ハンカチ、持ったか」

「はい」

「ぬいぐるみ、忘れてないか」

「……はい」

「もし何か忘れ物あれば、ユキに頼んで、戻ってこいよ」

「……」

「あー……」

「……」

「ハンカチ、持ったか」

同じ質問をされるのは、何度めだろう。

集まった皆は、最初こそめいめいに励ましの言葉をかけてくれたが、今は、静かにクリューの旅立ちのときを待ってくれている。

「あの、さ」

何を思い出したのか、スプートニクが不意に口を開いた。

「お前が帰ってくるの、ちゃんと待ってるから」

待ってるから。

その一言は、涙が出そうなくらいに、嬉しかった。

「はい」

——朝霧の中から、車輪の音と蹄の音が聞こえてくる。間もなく一台の馬車の姿が見えて、それはクリューたちの前で止まった。

馬車の戸が開いて、中から顔を見せた人は。

「よう、ちび！　義弟よ！」

「ちびじゃないです！」

「義弟はやめろと」

今回も今回とて、ヴィーアルトン市までの同行人はラッシュ。クリューとしては、心底、人選が気に入らないが、仕方がない。

「お前は休憩取らなくて大丈夫か。馬車に乗りっ放しも疲れるだろう」

「うむ。俺は大丈夫だ」

腕を組み、椅子にどかりと座る様は、痩せ我慢をしているわけではないようだ。

——出発の準備は、整ったことになる。

ただ。

あと一つだけ。

「あの、あの、スプートニクさん」

学校に行く前に、リアフィアット市を発つ前に。

クリューには、スプートニクに言いたいことがあった。

「ん？」

スプートニクの綺麗な瞳が、いつものようにクリューを映して――

言わない方がいいと、思った。その方が、お腹が重たくならなくて済む。

だけどそれは、駄目だと思った。

「クーは……」

言わない方がいいと思うのは、クリュー自身が言いたくないだけだ。

ちゃんと言うのだ。

言わなきゃ、駄目なのだ。

だから。

「クーは、スプートニクさんが大好きです」

クリューは勇気を出して、一息に言った。

ずっとずっと、言いたかったことを。

「……どうも」

だけど、なんとなく。

伝わっていない気がした。

「俺も……なんだ。お前が従業員で、助かったことも、多くあるから」

あ、これ伝わってないな。と確信した。

「ええと……」

せっかく勇気を出しても、勇気の意味が伝わっていないのでは意味がない。ちょっと考えて、話し方を変えることにする。

「スプートニクさんは、覚えてますか」

「何を？」

「私を雇うとき、私に言ってくれたこと」

クリューは、覚えている。

――お前の『体質』を使って、俺の願いを叶（かな）えてくれ。それが叶ったときには、俺の命に代えてでも、お前のそれを治してやろう。

言われたそのときは、考えもしなかったこと。この、宝石を吐くという『体質』が、治ったら。『体質』が、なくなったら。――その後は。

スプートニクは、躊躇（ためら）うような沈黙の後、「ああ」と頷（うなず）いた。

「覚えてるよ」

クリューが覚えていたことを、スプートニクも覚えていた。同じ思い出を持っていることに、くすぐったいような、不思議な気分になりながら、クリューは少しずつ、自分でも考えながら、話を続ける。

「私、もうちょっとしたら、『体質』がなくなります」

それは、魔法使いファンションが――ユキが、ヴィーアルトン市のスプートニクの病室で、二人に教えてくれたことだった。クリューの宝石を吐く『体質』は、子供の頃だけのもので、大人になる前になくなってしまう。魔法の研究者であり鉱石症にも詳しいという彼女の言葉に、きっと、間違いはないのだろう。

クリューが雇われたときスプートニクが願ったことは、メロンパンのおいしい店のある街で、自分の宝石店を営むこと。リアフィアット市で宝石店を開いた彼の夢は、叶ったのだ。

そして。

ユキの教えてくれたことが、確かなら。

あと数年で、クーの願いも、叶うことになる。

「そしたら、クーがスプートニクさんと一緒にいる意味は、なくなると思いました」

「それは」

クリューの言葉に被さるようにして、スプートニクが何かを言いかけるが――それは言わないまま、口を閉じた。かぶりを振って、改めて答えたことは、

「……お前がそうと思うなら、そうかもしれない」

なぜか、絞り出すような返事だった。どうしてだろう。クリューの心を慮ってくれたとか？　そんなことをするような人だったろうか。

だけど、だけどいずれにせよ――

それはクリューの中で当然のことで、こくん、とクリューは頷いた。

二人が互いに望んだ願いは、叶うのだ。そして残るのは、優秀な宝石商が一人と、失敗ばかりで頭も良くなくて、宝石も吐けない、半人前の女の子。

取り柄のない、未熟なだけの女の子。

そんなのが、優れた彼の隣にいてはいけないのだ。

「でも」

自分はふさわしくない。わかっている。

だけど、それでも。

「クーはスプートニクさんと一緒にいたいと思いました」

その願いは、捨てられなかったのだ。

――たとえばいつか、他の誰かと笑い合う想い人を、前にする日が来たとして。

いいんです、なんて。

クリューには、言える気がしなかったのだ。

だから。

「スプートニクさん」

クリューは彼の目を、真っ直ぐに見る。もう、しばらくは見られないだろうその瞳を。

そして言う。

「クーは、スプートニクさんが好きです」

「……はぁ」

「世界で一番、大好きです」

「どうも」

「およめさんになりたい、の好きです」

「はぁ……」

沈黙。

のち。

「……っはぁ!?」

スプートニクが目を見開いた。クリューが本当に伝えたい種類の『好き』は、ちゃんと彼に伝わったようだ。

そして伝わったのならもう戻ることはできない！　クリューは一気にまくしたてた。

「クーはスプートニクさんが好きです！　しょっちゅう女の人と遊ぶし、たくさんお酒飲むし、煙草(たばこ)も吸うけど、嘘(うそ)もついてクーのこと子供扱いするけど、それでもかっこよくて、優しくて、お仕事に一生懸命で、クーのことたくさん見てくれるスプートニクさんがすっごく好きです！」

「す、いや、あの、く、クー、ちょっと、待、え?」

迫るクリューの勢いに押され、後ずさりするが逃がさない！　スプートニクのシャツをボウタイごと両手で掴んで、クリューは一気に想いの丈を伝える。

「だから、だから！　クーは『体質』がなくなっても、スプートニクさんのお隣にいられるように、学校でたくさんお勉強をして、頑張って、すごくすごく、すごくなってリアフィアット市に帰ってくるので、だから学校が終わって、卒業して、帰ってきたそのときは――」

　そのときは。

　クリューは息を吸った。

　大事なことは、大きな声で、はっきりと！

「クーをスプートニクさんのおよめさんにしてほしいです！」

　すっかり言葉を失って、魚のようにぱくぱくと口を開閉するスプートニク。彼もこんな顔をすることがあるのだと思いながら、クリューは彼のシャツを放した。

　自分が叫んだことの内容を自覚して、クリューの顔がどんどん熱くなっていく。これ以上スプートニクと向き合っていることすら恥ずかしくなって、クリューは急いで馬車の中に駆け込んだ。

　中で待っていたラッシュが、驚きと喜びにまみれた顔で、クリューのことをぎゅうと抱きしめ、頭をぐしゃぐしゃに撫でてくれた。

「よく言ったぞ、ちび！」

「ちびじゃないです！」

開いた窓から、外を見る。

あまりのことに腰を抜かしたか、地面に座り込んだスプートニクが呆然（ぼうぜん）とこちらを見上げていた。その目は大きく見開かれ、顎は外れたように落ち、口はぱかんと開いている。スプートニクとはずっとずっと一緒にいたけれど、こんなにも彼を驚かすことができたのは、もしかしたら初めてかもしれない。

そんなクリューとスプートニクの様子を見て、ナッが笑っている。エルサも。他の皆も「よく言った！」と笑っている。

皆が笑っている。だからクリューも楽しくなって、笑った。

笑いながら、頭の上まで、高く高く手を挙げて――

「行ってきます！」

そしてクリューは、リアフィアット市を旅立った。

自分の望んだ、未来のために。

＊

リアフィアット市は大陸東部に位置する、ルカー街道の宿場町として栄えた中程度の街である。

年間を通して温暖な気候から、多種多様な果物・花卉(かき)の産地としても知られているその街は、魔女協会の支部こそないけれど警察局の治安維持活動は非常に優秀で、未解決の事件はゼロに等しく、とても暮らしやすい土地だ。

そんな街の片隅に、店員二名の小さな宝石店があった。――『スプートニク宝石店(ジュエリー・スプートニク)』。

おしまい。

エピローグ

夏頃、クリューが一時帰宅する。

その報せが届いたのは、従業員クリューのエルキュール宝石学校入学式の翌日。諸々のあらましを下僕ラッシュから聞いて知っているユキが、趣味の悪いニヤニヤ笑顔で「親切にも」「急いで」教えに来てくれたのだった。


エルキュール宝石学校には、夏季休暇というものがある。

夏場の一時期を長期休業とする制度で、当方に何の恨みがあってそんな制度を作ったのかとスプートニクは学長を取っ捕まえて抗議したい気分になったが、調べてみるとそれはエルキュール宝石学校独自の制度ではなく、だいたいの学校にあった。

制度が存在する理由としては、夏の暑さ対策、保護者への学生生活の報告のための生徒の帰省、施設の老朽化の確認や建て直し期間の確保など、らしい。いずれも納得できない理由ではなかった。納得できたところで、スプートニクの精神が安定するかどうかとはまた別の話だが。

夏が近づき、クリュー本人からも「一度おうちに帰ります」と予告の手紙が一通届き。

そして今日、ついに帰宅予定の日を迎えたスプートニクは、いつも通り店のカウンターの椅子に腰かけて、頭を抱えていた。

「いやでもまさか、入学から半年足らずで長期休暇があると思わないだろ普通……」

「あるんだから仕方ないでしょ。っていうかアンタ、在籍してたんなら知ってるんじゃないの」

「授業があろうがなかろうが好き勝手やってたから、覚えてない」

ため息をつかれた。

いい加減諦めなさいと宥めるのは、日課のパトロールに来たナツである。クリューの帰省はいくら目を逸らしたところで変わらない事実ではあるが、その物言いはひどく他人事のようであって、だからこそ忌々しい。

「私はクリューちゃんに久しぶりに会えて嬉しいけど」と当て付けるように言うが、こちらだって別に嬉しくないとかそういうことは言っていないだろう。ただ、

「だからってあいつも、こんなリアフィアットくんだりまで、わざわざ帰ってこなくてもいいんじゃないか……」

「そりゃ帰りたいでしょう、クリューちゃんとしては」

その言外に含まれた意味をきちんと察して、ますますスプートニクは憂鬱な気分になった。

旅立ち間際に大声で愛の告白をするという、あまりにも大きな爆弾を残していった、従業員クリュー。

彼女の入学したコースの就学期間は四年。「卒業して帰ってきたら」嫁にしてほしいと言っ

ていたから、爆弾を残すにしても、せめて、せめて四年後、卒業後に成長した姿で再会するのが筋というものだろうに――

「よりにもよって卒業前に帰ってくる奴がいるか……！」

どう接すればいいのやら、気まずいことこの上ない。

夏季休暇の報せを聞いたときからあれこれと悩んでいたが答えは出せず、そのまま当日を迎えてしまった。

もう数時間もせず、クリューが帰ってくるだろう。その前に、顔を合わせる覚悟を決めなければ――いや？

「そうだ！」

「何よ、いきなり大声出して」

「今ものすごい名案が浮かんだ」

「言ってみなさい」

「急ぎの買い付けの用ができて、ちょうど今日ヴィーアルトンに発ったってのはどうだ!?」

「考えうる限り最悪の所業だと思うわ」

ばっさり切って捨てられ、喉から低い音が漏れた。

逃げ場はないことを改めて実感する。やはり覚悟を決めるしかないようだ。

「でも、アンタだって実際、クリューちゃんの帰りは楽しみなんでしょう？」

「どうしてそう思う」

「だって、さっきから何度も窓の外ちらちら見てるし」

「…………」

「私が店に入ってきたときも、驚いたみたいに椅子から立ち上がってたし」

「……クソババァ」

しみじみ思う。腹立たしい女だ、と。

「ま、もうそろそろ帰って来るでしょ。心中お察しするけど、ちゃんと迎えてあげなさいよ」

「余計なお世話だ。どっか行けババァ」

吐き捨て、ふん、とそっぽを向くと、ナツは本当に出ていってしまった。

店内に一人、残される。

客は来ない。手がけている仕事はない。閑古鳥が鳴いているわけではなく、余計なことを考えたくなくて仕事に没頭していたせいで、案件は三日前にはすべて手元を離れ、今は先方の返事待ちの状態になってしまっているのだ。

手持ち無沙汰になるとあれこれ考えてしまうのは人の常だ。さて、帰ってきたクリューはこの店に入ってきて、まず何を思うだろう。

想像する。入口扉を開けて、ぐるりと半年ぶりの店内を見回して――

棚の上に、うっすら積もる埃が見えた。

「…………」

別に、クリューのためではない。クリューのためなどでは、決してないが。

椅子を立ち、はたきを取って棚に向け、軽く振る。長い毛が灰色に染まったが、埃を落とすのは面倒でそのままカウンターの下にしまった。見えるところになければいいのだ、汚れなど。

また、椅子に戻る。そしてまた、考える。

そういえばクリューは、スプートニク宝石店の場所をきちんと覚えているだろうか？

少し前までここで暮らしていたとはいえ、あのとぼけた娘のことだ。その間にすっかりこの街のことなど忘れてしまって、近隣の家々の戸を叩き片っ端から訪れてはぐずぐず泣きながら「おうちがわからなくなりました」などと宣っていても不思議ではない。

そんなまさか、いやでも、有り得ない話では。まだ帰ってきていないという現実を踏まえ、良くない想像は始まれば止まることはない。ぐるぐると落ちていく思考に耐え切れず、スプートニクは再び、椅子を立った。

店の外で帰りを迎えてやろうと思ったのは、別にクリューの帰りが待ち遠しいわけではない。そういうわけでは決してない。ただ、迷子になった従業員がご近所の方々に迷惑をかけてはいけないから。だから。

スプートニクは椅子をどかして、カウンターを出た。

店内を横切る。入口扉に手を掛ける。扉を開ける――

＊

まさか学校に『夏休み』なんてものがあるなんて、クリューは思いもしていなかった。

リアフィアット市を目指して走る馬車の中で、嬉しさと気まずさが、まるで車輪のようにぐるぐる回る。そのたび顔が熱くなったり冷たくなったり、クリューの頬は大忙しだ。

「どうしたちび、酔ったか。袋あるぞ」

「酔ってないです！」

向かいに座る同行人ラッシュに向けて、クリューは噛みつくように叫んだ。

酔い止めの飴はよく効いている。デリカシーなくものを言い、手荷物からごそごそ紙袋を取り出すラッシュのことは思いきり蹴り飛ばしてやりたいが、揺れる車内で立ち上がるのは危険だ。

怒鳴りつけられてもけろっとしたままのラッシュに覚えた、大きな苛立ち。クリューはそれを、ため息に変えて吐き出しながら――

窓の外を見た。

景色は誰かを待つことなく、前から後ろへ流れていく。

少しずつリアフィアット市に近づいていく世界。それを眺めながらクリューが考えることは、店主であり保護者でありクリューの想い人、スプートニクのことだ。

彼は今、何をしているだろう。帰ると手紙も送ったから、きっと店で、クリューの帰りを待ってくれているはずだ。まさか出かけてしまったなんてことはないだろう。……と、信じたい。

――およめさんにしてほしいです。

あの日の発言を思い出すと、クリューの顔は火でもついたように熱くなる。

彼はクリューの発言を、どう思っているのだろうか。

ヴィーアルトン市から自宅へ、手紙は何度も送った。入学式がありました、クラスはリーエちゃんと同じでした、授業は楽しいです、寮のご飯はちゃんと残さず食べてます……

クリューの送った回数より少なくはあるが、スプートニクからもたびたび返事が届いた。学校生活が楽しいなら何よりだとか、気温が上がってきたが腹を出して寝ないようにとか、どれも淡々としていて、彼らしい文章だった。

ときどき『先生を困らせないように』『授業は真面目に受けろ』などと、「どの口が」と言いたくなるようなことも書かれていたがそれは別の問題として――

例の発言に関わることは、一度として書いてくれなかった。

……もしかしたら。

嫌な想像がむくむくと、クリューの心に生まれる。もしかしたらクリューの告白なんて、スプートニクはもうすっかり忘れてしまったのではないだろうか。言われた直後こそ驚いたものの、あれはきっと子供の戯言（たわごと）だと、冗談だと、勝手に結論付けてしまったりしてはいないだろうか。

有り得る。何せあれはスプートニクだ。暇さえあれば、綺麗（きれい）な女の人を誑（たら）し込んでいるような人だ。

その彼が、子供の告白たった一度に揺らぐような心の持ち主であるようには思えない。クリューの告白なんて、スプートニクにはたくさんの女の人から向けられた愛情の一つ程度のものだったのかもしれない。いや、もしかしたら、それにも満たない、ただの。

鼻の奥が、つんと痛くなった。いけないと思いながらも変化は止まらず、視界がぷわりと膨らんで、ぼけて揺らいで、そして――

「ゲロが出そうか⁉」

「出ません！」

場違いな言葉に、涙はさっと引っ込んだ。どうしてこの人はいつもこうなのか！

しかし同時に、悲しい気持ちも吹き飛んだ。

たった一度、告白に失敗したからどうだというのだ。彼がもしクリューの告白を忘れたというのなら、何度でも叫んで思い出させてやればいい。子供の戯言と笑うのなら、子供と侮れないほど成長してやればいい。そもそも、そのための学生生活なのだから！

鞄から飴の詰まった瓶を取り出すと、ひっくり返して中身を取り出す。

そして景気付けに、飴を二つ、一気に頬張った。頬はぷっくり膨れて、口を動かすたびごりごりと擦れて音を立てるが、それもまたクリューを鼓舞する声援のように聞こえる。

大丈夫、クリューは毎日毎時、毎秒成長しているのだ。小さい頃は一つでも持て余した飴玉を、今は二ついっぺんに食べられたりするのだ。だからいつかは、今はまだ難しいかもしれないが、いつかはスプートニクだって振り向かせられるような、素敵な大人になれるのだ。——そのためにクリューは今、リアフィアット市を離れて、頑張っているのだから。

いつの間にか馬車は、クリューの見慣れた街の中を走っていた。おや、とクリューが思ったときには、馬車は速度を落とし始めている。

やがて止まった馬車は、間違いなく、目的の店の前にいた。

「ついた……！」

「あ、おい、ちび！　荷物！」

待ちきれず、クリューは馬車の戸を開けて、勢いよく飛び出した。

そしてそのときには、スプートニクが自分の告白を覚えているかどうかなんて、もうどうでもよくなっていた。

会いたい！

「スプートニクさん！」

名を呼びながら、馬車からしっかりと着地。

地面を蹴り、走り、入口扉に飛びついたちょうどそのとき、

「……わぁっ!?」

まるで店そのものが、クリューを待ちわびていたかのように。

内側から扉が開いて――

*

「ただいま、です！」

「……おかえり」


『宝石吐きのおんなのこ』めでたし、めでたし。

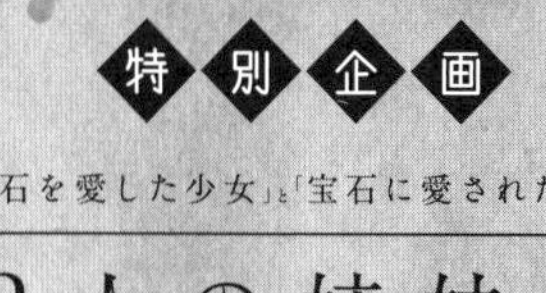

特別企画

「宝石を愛した少女」と「宝石に愛された少女」

2人の姉妹の歩み

「宝石を愛した少女」と「宝石に愛された少女」2人の姉妹の歩み

17
years ago

姉・ユキの歩み

◇実の両親死別
◇スプートニクへ
「また会いましょう」

妹・クリューの歩み

該当エピソード

【9巻「宝石を愛した少女の話」】
【6巻「一方その頃、リアフィアット市」】

ユキの呼称の変遷

アコ
（命名・実の親
セレスティーヌとアドルフ）

	14 years ago	13 years ago	12 years ago	10 years ago
◇魔女協会に保護 ◇魔法使いアンゼリカの護衛となる	◇ソアランと婚約		◇ファンション就職 ◇何者かに狙われていると察する	◇ファンション死亡 ◇身を隠すためクルーロルの養子へ
		◇クリュー誕生 『宝石を吐き出す体質』を持っている		◇魔女協会に保護され、本部近くの研究所にて生活することに
	【2巻「魔法使いのめぐる想い」】 【9巻「宝石を愛した少女の話」】	【6巻「閑話」】 【9巻「宝石を愛した少女の話」】	【7巻「初めてのお留守番」】	【5巻「彼らの願い」】 【9巻「宝石を愛した少女の話」】 【9巻「宝石に愛された少女の話」】
ファンション(命名:アンゼリカ)				ユキ(命名:クルーロル)

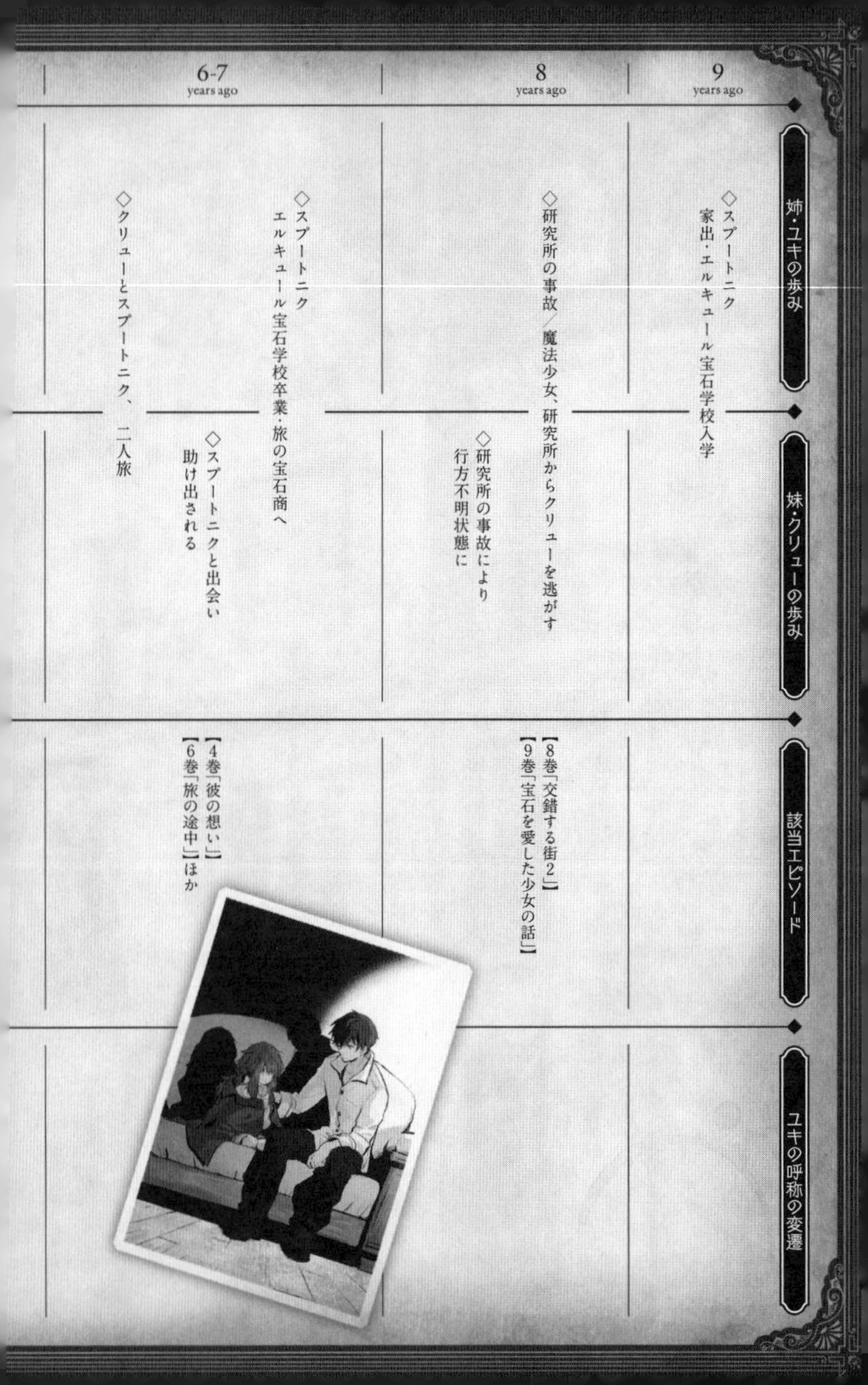

	9 years ago	8 years ago	6-7 years ago
姉・ユキの歩み	◇スプートニク 家出・エルキュール宝石学校入学	◇研究所の事故／魔法少女、研究所からクリューを逃がす	◇スプートニク エルキュール宝石学校卒業・旅の宝石商へ ◇クリューとスプートニク、二人旅
妹・クリューの歩み		◇研究所の事故により行方不明状態に	◇スプートニクと出会い助け出される
該当エピソード		【8巻「交錯する街2」】【9巻「宝石を愛した少女の話」】	【4巻「彼の想い」】【6巻「旅の途中」】ほか
ユキの呼称の変遷			

0
years ago

「宝石吐きのおんなのこ～ちいさな宝石店のすこし不思議な日常～」

4
years ago

◇スプートニクとともにリアフィアット市に定住許可申請書を提出

【2巻「はじめてのおつかい」】
【5巻「つなぐ」】
【9巻「宝石に愛された少女の話」】

リアフィアット市での生活が始まり、数年が経った頃。

聞き覚えのない街から、一通の手紙が届いた。

＊

文章は、突然の連絡を詫びる言葉から始まっていた。

続いて、送り主の身の上話が少し。最近慌ただしくしていたが、ようやく身辺が落ち着いたこと。そちらが腕のいい宝石店だという噂を聞いていたので、かねてより依頼してみたいと思っていたこと。

オーダーメイドで、品物を仕立ててもらえないかということだった。

――額縁を一点、お願いできますか。


それを読んで。

得意先が新たな顧客を紹介してくれること、親しい人間に推薦をしてくれることはままある。だから今回もその手のもので、特に変わった依頼ではない、と思った。

手紙を頂いたことへの感謝に、当店の料金体系を添えて送る。デザインの料金は前払いで受け付けていることも。

数日後に届いた郵便が、連絡通りの金額を届けてくれた。

デザインを作り、送る。依頼主は気に入ってくれたようだった。

やはりあなたに頼んで良かったと、実物を楽しみにしていますと、丁寧に言葉を選んだらしい、厚い感謝が綴られていた。

慣れた部屋で慣れた道具を握り、制作に取りかかりながら――

依頼主はどのような人だろうと、ふと思った。

手紙からはたいしたことは窺えない。ただ、なぜか、この顧客にこちらのすべてを見透かされているような、不思議な思いに駆られた。

従業員クリューにも尋ねてみたが、「またそうやって女の人にでれでれして」とぷんすか怒るだけで、何の成果も得られなかった。


数日後、依頼の品は仕上がった。宝石で飾った、金の額縁。

きっと彼女は気に入るだろうという、妙な確信があった。


箱に収め、包装し、添える手紙を綴る。

今後とも当店を御贔屓に。手紙はそんな定型文で終わらせた。

便箋を折る。封筒に入れ、糊で閉じる——直前、一つだけどうしても、聞いてみたくなった。


無視をされてもいい、返事がなくてもいいと思いながら、便箋の欄外に、質問を書く。

営業の手紙にそぐわない、あまりに失礼な追伸の書き方だ。

けれど彼女は許してくれるだろうと、これまた謎の確信を持っていた。

店主スプートニクは、手紙の欄外に一言、こう書いた。


「額縁に、何を飾るおつもりですか」

*

数日後。

やはり聞き覚えのない街から、手紙が届けられた。

内容は、品への礼、それから——

欄外の質問に対する答えが一言、記されていた。


「遠くで生きる、いとしい娘の肖像を」

あとがき

『宝石吐きのおんなのこ』シリーズ一巻の表紙を初めて見たとき、「ようやく会えた」と思ったことを覚えています。今回、十巻の表紙を見て「ようやくここまで来られた」と思いました。

こんにちは、なみあとです。『宝石吐き』シリーズ最終巻をお届けすることとなりました。

長いような短いような、不思議な五年間でした。右も左もわからない中、クリューたちと一緒に、悩み、考え、必死に走ってきたように思います……が、今振り返ってみると、ただ「楽しかった」という想いだけが強く残っているのですから、不思議なものです。

そういう意味では、彼らの最後の物語を、胸を張ってお届けできるように思います。

クリューやスプートニクたちの世界は、まだこれからも続いていきます。

ヴィーアルトン市へ旅立ったクリューは、クルーロル他たくさんの人と出会い、学び、成長していくことでしょうし、スプートニクもまた、ナツやエルサたちと一緒に、リアフィアット市で、商人として、人として、多くのことを学ぶことになります。ユキやソアラン、イラージャたち魔法使いは（もしかしたらジャヴォットやラッシュたちも巻き込みながら）、『打倒・魔法少女』の賑（にぎ）やかな毎日を送ります。彼らには、まだまだ落ち着けない日々が続くのです。

ここから先の彼らの世界を、私が記すことはありません。

ただ、きっと彼らは、何があっても、幸せな未来を掴(つか)むことでしょう。


謝辞を。

イラストレーターの景様。あなたにクリューたちを、この世界を描いて頂けて、光栄でした。癖の強い登場人物たちを、この世界を、鮮やかに描き上げてくださって、ありがとうございました。

執筆に悩んだとき、迷ったとき、あなたの絵にたくさん救われました。

担当編集様。あなたがいなければ、この物語と私は、今ここにおりませんでした。担当編集となってくださった方が、あなたであって良かったです。あなたとこの物語を作ることができて、幸せでした。ありがとうございました。

オンラインから拙作にお付き合いくださっている読者の皆様。お店で拙作を見つけてくださった読者の皆様。

『宝石吐き』に関わってくださった、すべての皆様へ。

長い間お付き合い頂き、本当にありがとうございました。

またいつか、なみあととして、どこかでお会いできましたら幸いです。

なみあと

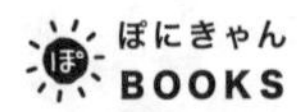

宝石吐きのおんなのこ⑩
～ちいさな宝石店の紡ぐ未来～

なみあと

ぽにきゃんBOOKS

2020年2月17日　初版発行

発行人　古川陽子

発行　株式会社ポニーキャニオン
〒106-8487　東京都港区六本木1-5-17
カスタマーセンター　0570-000-326

装丁　株式会社トライボール

イラスト　景

組版・校閲　株式会社鷗来堂

印刷・製本　図書印刷株式会社

ISBN978-4-86529-309-8　PCZP-85157